GAEA

Gaea

1

開張大吉

Telepathy Agency

Grand Opening

通靈事務社

星子

●REC

978-986-319-815-4

通靈事務社 1

Contents

Telepathy Agency_Grand Opening_Records

CASE# 01

一億元別墅

這是本社第一件委託案，意義非凡。

由社長亞當大人，也就是我本人，親自錄音記錄案件始末。

這次案件內容，是委託本社前往一棟別墅，將裡頭一位幾十年的老鬼請出別墅，送他去他應該去的地方——

□

天空飄著細雨，灰濛濛的。

謝初恭撐著傘，站在半山腰小街區的巷弄盡頭，望著眼前這棟陰森晦暗的別墅，繼續對著手中錄音筆呢喃低語：「現在本人帶著本社首席談判專家阿晴，已經抵達別墅外面，這間別墅外觀不怎麼樣，其實就是普通的獨棟公寓，不過好歹是陽明山的房子，有前後院跟地下室，市價應該破億喔……比我爸留給我的房子值錢多了……」

一旁，文孝晴撐著另一把傘，從口袋取出一串鑰匙，大步往前，推開半掩的圍牆大門，踏進別墅院子。

「等等——我還沒錄完耶！」謝初恭連忙跟上。剛踏進院子，立時被一股沒來由的陰寒氣息撲面襲來、籠罩住全身，令他忍不住打了個冷顫。

「媽呀，小齊說的冷風……就是指這個風對吧！」謝初恭害怕地加快腳步，跟在文孝晴背後，來到別墅門前的屋簷下，收了傘，繼續錄音。「小齊是我老同學，工作是房仲，這件案子就是他介紹給我的。委託人是他的遠房表哥，年紀大他不少，半年前老爸過世，繼承了這間別墅，請小齊替他賣房。小齊來這間別墅三次，第一次回去之後生了場大病，第二次摔斷了手，第三次親眼見到遠房表哥那位過世多年的爺爺，嚇得屁滾尿流逃出來，半路還出了車禍……」

「這些鑰匙怎麼每支都長一樣啊？」文孝晴提著一大串鑰匙翻翻找找，不停反覆嘗試開門，不耐煩地向謝初恭抱怨：「你同學不是來過好幾次，怎麼沒在鑰匙上貼標籤？」

「我來。」謝初恭像是知道文孝晴會這樣問，將傘立在門旁，從文孝晴手中接過鑰匙抖了抖，繼續拿著錄音筆湊近嘴邊錄音。「小齊每次來看這間房子，都會事先寫好自黏標籤，但是每次他一離開，貼在鑰匙上的標籤就會變黑，接著剝落，像是燒焦了一樣。」

他這麼說時，鬆開錄音鍵，從口袋取出一整張自黏標籤，上頭已經寫好「圍牆大門」、「別墅大門」及屋內各房門名稱，他開始挑揀鑰匙，反覆插入門上鎖孔，嘗試開門，繼續錄音。「小齊那位遠房表哥的爺爺……」

謝初恭說到這時，轉頭望著文孝晴，問：「遠房表哥的爸爸、爺爺要叫什麼？」

「都說遠房了，管人家爺爺叫什麼？」文孝晴翻了個白眼，說：「你喜歡他就叫老先生，不喜歡他就叫死老猴，你爽就好。」

「不要亂說話！」謝初恭緊張地瞪了文孝晴一眼，說：「小齊的表哥姓黃，那屋子裡的爺爺就叫黃老先生好了……黃老先生年輕時經商有成，賺了不少錢，但中年時一場意外，妻子死了，他的脾氣也變得越來越古怪，沉迷奇異宗教，變賣不少家產，還跟兒子鬧翻——」

那時，黃老先生的兒子見父親無心事業，便提議讓他接手管理公司，黃老先生倒是從善如流地答應了，但兒子沒有父親的經商本事，數年下來，公司業績一落千丈，負債累累，好幾次向黃老先生求援。

黃老先生數度賣地資助兒子，幾次後，不願再金援，父子倆也正式翻臉。

那時黃老先生長年不刮鬍剃髮，熟識的鄰人老友都說他活得像個仙人，叫他「黃老仙」；過往與他不睦的商場對頭，則說他瘋了，叫他老番顛。

黃老仙拒絕繼續金援兒子、挽救自己一手創辦的公司，卻用剩餘的財產四處蒐購稀奇古怪的擺飾和法器，他相信自己收藏的東西裡，蘊藏著神祕能量，逢人就說自己能長生不老、能讓過世妻子死而復生。

過了很多年，黃老仙被人發現陳屍自家臥房床上，且早已成為一副白骨，連究竟過世多久都難以估算。

發現黃老仙遺骸的人是名慣竊，明明是老手，也不知在行竊過程中見到了什麼，失魂落魄地提著一截腿骨去警局自首，據說他直到入監服刑後，整個人還傻愣了好長一段時間。

喀嚓——

別墅門開了。

謝初恭抽出鑰匙，側身向文孝晴比了個「請進」的手勢。

文孝晴隨手將傘豎在門邊，推門進屋。

一樓客廳的家具飾品都有些年代感，積著厚厚灰塵。

謝初恭緊跟在後，壓低了聲音繼續錄音：「黃老先生的兒子，替爸爸辦完後事之後，也想一併處理掉這間房子，但不論怎麼賣就是賣不出去……這麼一拖，又是十幾年，拖到人都老了，得了癌症，黃老先生的兒子去世前，終於將這間房子及他與父親的恩怨始末，告訴小齊的表哥，說黃老先生的鬼魂，還留在房子裡作祟，要小齊的表哥別打這房子主意，否則會像自己一樣，病痛纏身，無法善終。當時小齊的表哥只當是爸爸病重之際胡言亂語，等爸爸一死，立刻委託房仲賣屋，但每次只要房仲帶著客戶上門看屋，就會出事，輕則頭痛嘔吐、重則摔得頭破血流，最後不了了之。最後，小齊的表哥將這案子交給小齊處理，小齊才找上我……」

謝初恭一口氣錄到這裡，深深吸了口氣，說：「總而言之，小齊的表哥，也就是委託人，向本社提出了一個很棒的條件——不論我們用什麼辦法，只要能將這間房子賣掉，除了案件尾款之外，還願意額外多付成交價的百分之五當作佣金。哇靠！一億的百分之五，就是五百萬！比我之前開徵信社幫人捉姦好賺多了！」

「你好吵，這樣我沒辦法專心……」文孝晴回頭皺眉盯著謝初恭，說：「哪有人這樣記錄案件？你當自己在寫日記？」

「這是我的習慣嘛……」謝初恭不甘願地補上時間日期之後，收起錄音筆，說：「好了，妳開工吧。」

文孝晴站在客廳中央環顧一圈，最後緩緩抬起頭，望著天花板。

「黃老先生在樓上？」謝初恭貼在文孝晴身後，和她一齊抬頭望向天花板。

「你靠太近了……」文孝晴聽見身後謝初恭陣陣的緊張鼻息，見他身子幾乎快貼上她的後背，皺眉退開一大步，指著客廳大門說：「你這麼害怕，要不要乾脆在外面等？」

「誰說我害怕？妳哪隻眼睛見到我怕了？」謝初恭哼哼地說，指指樓上：「現在直接上樓？」

「不然呢？」文孝晴大步走向通往二樓的樓梯。謝初恭本來有些遲疑，沒有立時跟上，見前頭文孝晴逐漸走遠，漸漸感到四周莫名陰寒起來，連忙加快腳步追去，害怕地說：「阿晴，我覺得不太對勁……」

「哪裡不對勁？」

「妳的『安全領域』，在這間房子裡，怎麼好像縮小了……」謝初恭怯怯地問：「是不是代表這裡的黃老先生，比我們家阿芬更凶？」

「樓上老先生厲害多了，阿芬一點也不凶。」文孝晴不以為意。「不過對我來說沒差。」

兩人來到二樓，謝初恭驚呼一聲——樓梯對面主臥房那扇半掩房門內，隱約可見一個高大漆黑的身影。

那黑色身影極大極長，彷彿一個高大巨人，微微彎腰湊向門外探看。黑影腦袋的位置，隱隱可見兩枚紅色光點，像是眼睛。

謝初恭被房內那巨大墨黑身影發出的氣息震懾得全身打顫，見文孝晴沒事般地向那身影走去，立時低著頭緊跟在後。

兩人來到門外，文孝晴伸手推門，一股帶著奇異屍味的陰風，自房中吹出。謝初恭嚇得再也忍不住，拉住文孝晴胳臂，喃喃說：「給……給我兩分鐘，讓我做好心理準備……」

「……」文孝晴低頭瞥了瞥謝初恭那雙劇烈顫抖的腿，說：「我自己進去，你在外面等我。」

「呃？」謝初恭瞇著眼睛、低著頭，像是想要避開房門內那巨大身影的殷紅目光，他害怕地問：「妳一個人……沒問題嗎？」

「沒問題。」文孝晴聳聳肩。「我比較怕你會活活嚇死。」

「我在門外……」謝初恭說：「還算是在妳的『安全領域』內嗎？」

「應該算囉。」文孝晴這麼吩咐：「我進房後關上門，會盡量站在門邊，你背貼著門，我們距離很近——我這樣子講，你有沒有比較安心？」

「有……」謝初恭哆嗦地點點頭，還想說些什麼，但文孝晴已經進房，關門。

謝初恭趕緊轉身，讓後背緊貼著門，扠手抱胸，仍止不住全身顫抖，不免有點羞愧，喃喃自語起來。「謝亞當，像個男人好不好，你讓阿晴一個女生自己進房跟鬼談判，你十年柔道練假的嗎？你偶像不是詹姆士龐德嗎？詹姆士龐德會讓女人在前面打鬼，自己躲在後面發抖嗎？」他自責到這裡，又忍不住替自己找起藉口。「可是柔道不是練來打鬼的，詹姆士龐德也不會打鬼，我們又不像阿晴天生不怕鬼，她可是千萬中選一的靈異談判專家呀……」

他自言自語到這裡，見到身前廊道隱約飄著焦黑灰燼，景象微微扭曲，彷彿蒙上一層有如海市蜃樓般的幻景。

在此同時，他身前隱隱浮現出一個約莫兩、三公尺寬闊的半圓圈圈。在這個半圓圈圈裡，一切正常，沒有飄空灰燼也沒有虛浮幻影。這半圓圈圈，是文孝晴的「安全領域」。

謝初恭知道自己只要待在安全領域裡，就會很安全。

他深呼吸，取出錄音筆，嚥了一口口水，低聲說：「現在本社首席談判專家，已經進房間正式與黃老先生談判了，他們現在聊些什麼呢？可能要等阿晴出來之後……我到底在錄什麼？這算是記錄案件過程？我又不在房間裡我是能記錄什麼？冷靜，冷靜！我是社長謝亞當！對了……我現在來講一下本社成立經過好了……阿芬那件事，也算是一起案件，也該建檔記錄沒錯。」

謝初恭清了清喉嚨，說：「三個月前，本社還不叫『通靈事務社』，叫『亞當徵信社』。」

亞當徵信社社長謝初恭，不喜歡自己的本名，總覺得聽起來不雅，因此替自己取了個自認帥氣的英文名字——Adam。

一年多前，謝初恭辭去原本任職的徵信社，遷入過世父親留給他的房產，印了些名片、訂做了招牌、買了些網路廣告，開了亞當徵信社，自己當起社長兼首席偵探。

半年下來，只接到四筆生意。

兩筆抓姦、一筆尋親、一筆尋找走失狗狗。

四筆生意之中，也只完成三筆。

狗狗至今尚未尋回。

因此他將自家徵信社辦公室主臥房整理後出租，想多少填補點開銷。

租客是一位美麗的女大學生，阿芬。

阿芬說話輕聲細語，臉上總是掛著微笑，假日借用廚房做些家常料理時，也不忘替謝初恭準備一份。

這令謝初恭偶爾難免妄想著房客有朝一日變成女主人的美麗故事。

兩個月後，阿芬在臥房門框木梁繫繩上吊自殺。

經過警方初步調查後，謝初恭被排除了犯案嫌疑，除了那幾日他剛好再次前往外縣市尋找狗狗，有明確的不在場證明外，阿芬在房裡留下的遺書和日記內容，以及與親友的訊息往來，清楚拼湊出阿芬自殺的來龍去脈——

在上吊前兩週，她禁不住同學邀約，上夜店參與一場慶生宴會，起初她拒絕一切酒精飲料，但後來在眾人起鬨下，淺嚐起香橙口味的氣泡雞尾酒，覺得比想像中好喝，之後又續了幾杯，結果不醒人事，再次醒來時，阿芬發現自己躺在一間陌生旅館的床上。

她急忙下床站在鏡前，盯著自己一身凌亂衣著，看起來就像是衣服被人脫下後又胡亂套回身上一般。

她努力回想昨晚的事，只隱約記得彷彿作了場夢。

似乎是場惡夢。

令她感到極度噁心不堪、難以接受的惡夢。

她連連搖頭，想將惡夢裡一幕幕噁心畫面甩出腦袋。她返回了租賃處，仔細洗了個澡，努力說服自己或許只是想太多，說不定是同學或其他客人見她醉得嚴重，好心送她進旅館，然後因為酒精的關係，所以作了場夢……

但她心底其實很明白那惡夢，極有可能不是夢。

她自旅館醒來時的那身凌亂衣著，絕不會是喝醉後的睡姿造成的。再怎樣誇張的睡姿，都不會令她的內褲穿反、鈕釦錯位。即便是夢遊，也不會使胸口、頸際、大腿內側冒出一枚枚莫名其妙的吻痕。

她悄悄去醫院驗傷，結果雖然令她傷心，但她還是努力告訴自己，就當作是夢吧，將這一切忘掉，以後小心點就好——她本來就要做到了，她努力保持笑容，當作什麼都沒發生過般地繼續上學、生活，直到她開始收到一張張自己的裸照。

這些照片像是用刀子提醒她的心，告訴她那晚的噁心遭遇，並不是夢，是真實發生過的事。

且事情還沒完。

她不知道對方是誰，甚至不知道對方是否是當夜慶生會上的與會人士。

她鼓起勇氣找了當時遊說她赴宴的同學商量，同學卻說自己當時也醉得一塌糊塗，壓根不記得宴會後半段發生了什麼事。她打電話回家，哽咽地找姊姊吐露這件事，還要姊姊別告訴媽媽，她知道媽媽精神狀況不佳，她不想讓媽媽擔心難過。

但媽媽還是知道了，且氣急敗壞地打電話給她，尖吼痛罵她不檢點、下賤、要她永遠也別再踏進家門一步，要她不如去死。

她哭著答應了。

她掛上電話，翻開日記本撕下兩頁，簡單交代幾句，從衣櫥裡翻出兩條腰帶打了結，繞過老式公寓門框與氣窗間的橫木梁，實現了對媽媽的承諾。

兩天後，依舊沒找著狗狗的謝初恭，帶著塊蜂蜜蛋糕回家，準備與阿芬一同分享，卻見到阿芬垂吊在主臥房門框下，他嚇得魂飛魄散，連滾帶爬地爬出家門向鄰居求救。

謝初恭覺得自己或許會為此消沉很長一段時間，但很快地，他發現自己接下來可不只是消沉那麼簡單，而是要屁滾尿流了。

他開始在家中見到阿芬。

一開始是在夢中。

夢中的阿芬有時悲傷、有時憤怒；悲傷時會一直哭，哭到雙眼淌下血來；憤怒時則會瞪著一雙充滿血絲的眼睛，大力扒著謝初恭的衣服或是胳臂，怒問為什麼這種事會發生在她身上。

謝初恭每天都大汗淋漓地在清晨驚醒，然後他開始亮著燈睡，但依舊夜夜驚醒。

他開始發現自己雙臂上出現一些不明掐痕，掐痕的位置，和夢裡阿芬揪他胳臂的地方一模一樣。

他跑遍大小宮廟，蒐集了各式各樣的平安符，同時看了身心科，指著自己胳臂上的瘀痕，向醫生詢問自己有無可能因為目睹慘案，進而罹患創傷後壓力症候群；醫生說創傷後壓力症候群當然不會讓手臂出現瘀痕，但是否因惡夢過於駭人，進而在睡夢中無意弄傷自己，就不得而知了。

開始定時在睡前服用鎮靜藥劑的謝初恭，不但沒有擺脫惡夢，且連醒著的時候，都會見到阿芬。

阿芬大多時候垂吊在主臥房門框下，一動也不動，就和謝初恭當時返家時見到的情景一模一樣。

但偶爾阿芬也會出現在客廳、出現在廚房，和生前一樣默默做著自己的事，對謝初恭的大驚小叫充耳未聞。

瀕臨崩潰的謝初恭，帶著簡單的行李逃離了家，搬入便宜旅館。

他在旅館窩了兩天，決定盡快賣掉那間老屋，儘管凶宅售價肯定難看，但至少可以讓他擺脫眼前困境。

就在他決定撥電話給房仲同學小齊的前一刻，他接到文孝晴打來的電話。

文孝晴大學畢業後，進入一家大型資訊公司工作兩年，收入雖不錯，她卻覺得眼前的工作與自己興趣格格不入，索性辭職自行接案，當個居家SOHO族。她接的工作範圍頗廣，有網站維護、資安顧問、各類程式編寫等等，偶爾甚至會接到警政單位邀請，協助調查某些電腦犯罪——她國中時曾駭入養父任職警局的監視系統，偷偷觀察他有無和哪位年輕女警過從甚密。

結果有。

那時她將影片側錄給養母，養母氣呼呼地殺去警局大鬧一番，所以整件事曝光了。後來在養父向警界長官同事們苦苦求情下，文孝晴駭入警局監視系統這件事沒有被進一步追究責任。

從大公司離職，成為獨立接案工作者的文孝晴，其實真正想做的事是設計遊戲，但又不願意進遊戲公司聽主管和老闆指揮，做自己不感興趣的遊戲——她覺得那樣的工作模式，和之前在大公司寫商用軟體也沒太大差異。

她想當一位獨立遊戲設計師，經營自己專屬的遊戲工作室，但她受不了養父母終日嘮叨她辭去大公司高薪職位這件事，因此決定獨立外出租屋生活，然而她又不希望花費過多租屋預算，擠壓到製作獨立遊戲的經費，所以當她從網路上得知阿芬上吊的新聞報導後，猜想謝初恭或許需要一位新房客，於是毛遂自薦，想趁著新聞風頭，用遠低於行情的數字，租下阿芬那間剛出爐的新鮮凶宅。

謝初恭本來只當文孝晴是個鐵齒無神論者，或是異想天開的瘋癲女孩，便懶洋洋地告訴她，新聞上那可憐女孩可還一直待在屋子裡不肯離去，他身為屋主，早已被搞得精神崩潰，寧可廉價賣掉舊屋，另覓新辦公室，也不想和那屋子再扯上任何關係，包括帶房客看屋、簽約等等。

文孝晴卻不以為意，說自己並非無神論者，且恰恰相反，她不但從小就能見鬼，還一點也不怕鬼。她說她願意代他出面和房子裡的阿芬「溝通」，說不定能夠將阿芬勸離凶宅，或至少哄得對方安分不作祟、不嚇人，這麼一來，謝初恭便不需要降價求售後，再搬去坪數更小、條件更差的地方。

謝初恭半信半疑地與文孝晴見了面，和她談妥了條件，稱只要文孝晴能幫他請走阿芬，讓他能夠繼續在自宅開設徵信社，那他那間開價五千、附帶浴廁的公寓主臥房，便願意半價租給文孝晴，且保證五年內不漲價。

□

別墅二樓瀰漫著極邪陰風，謝初恭蹲坐在門前，背抵著門板，雙手捏著錄音筆，閉著眼睛喃喃自語，像是寫日記般回憶著那天帶文孝晴返家與阿芬談判時的情景——他自幼抒解緊張情緒的習慣，就是自言自語。後來他覺得自言自語這種行徑在外人眼中顯得有些怪異，便隨身帶著支錄音筆，佯裝認真記錄著什麼，久而久之，便成了習慣，即便不緊張、不害怕，也會隨口錄上幾句話。

他對兩個月前那天文孝晴與阿芬的談判過程記憶猶新，和此時相比、和這間別墅相比，當天他家裡的情況溫馨多了。

那時他們一進屋，就見到阿芬了。

和前幾次謝初恭見到阿芬的情景差不多，阿芬屈著膝、垂掛在主臥房門框下，一動也不動。

文孝晴卻一點也不以為意地走向阿芬，替她解開綁著頸子的腰帶，像是安撫受驚的小動物般，輕輕拍撫著阿芬的背，要她別緊張，說自己和謝初恭沒有惡意，只想聽她說說究竟受了什麼委屈，要這樣走上絕路。

說也奇怪，只要文孝晴待在阿芬身旁，阿芬的神智、言談甚至是外貌，都更加接近生前模樣，而非謝初恭之前見到的詭怪舉止和厲鬼面容。

阿芬從黃昏哭訴到了深夜。

她只花費少許時間敘述自己在夜店生日宴會上被拐騙、欺負的經過，畢竟當天究竟發生了什麼，連她自己也搞不清楚；她花了更多時間，講述過往在家中長年遭受精神狀況不佳的媽媽斥罵、冷嘲熱諷的過往。

文孝晴試著牽著阿芬在家中走動、試著牽她出門，一路牽著她來到附近公園，要她試試獨自在公園裡待上一段時間，自己則退到遠處默默觀察阿芬的狀況——起初阿芬靜靜獨坐長椅，見有民眾靠近，還會起身讓座，與活人保持距離。

但十來分鐘過去，阿芬的心神似乎又漸漸紊亂起來，搖搖晃晃地往謝初恭家飄，像是隻尋路返家的貓兒一般。

文孝晴刻意壓抑自己的能力，在不影響到阿芬的情況下，默默尾隨阿芬返家，見阿芬穿門進屋，數秒之後，正在廁所大便的謝初恭被晃過眼前的阿芬嚇得魂飛魄散。

文孝晴聽見謝初恭慘叫，這才進屋安撫阿芬。

文孝晴說阿芬這尋路歸家的舉動，也算是一種典型地縛靈特徵，是「心縛型地縛靈」。

謝初恭說地縛靈這三個字他聽過，但前面「心縛型」這三個字，可是他生平第一次聽說。

文孝晴說這詞是她自創的，她說地縛靈是種廣義稱呼，泛指所有長年待在特地定點的鬼魂，但令鬼魂長年窩在同個地方的原因卻不只一種，有些鬼魂，其魂魄與建物、土地受到不明原因影響，融合沾黏在一塊兒，難以分開，文孝晴稱那作「沾黏型地縛靈」；又或者受到了法術禁錮在某個物體、某處地方，長年無法脫身，則是「法縛型地縛靈」。

而阿芬這類「心縛型地縛靈」，儘管沒有受到特殊力量拘束，但內心始終惦記著某個地方，通常是往生之處——這樣的「心縛型地縛靈」，往往在心中怨念消散、心頭死結解開之後，便能離開傷心地了。

阿芬在文孝晴的「領域」內，紊亂的思緒會恢復清醒、心中死結也會暫時解開，但只要離開文孝晴的領域一段時間，便又會漸漸錯亂失常，心神被悲傷跟憤怒淹沒，一路找回上吊往生之地，淒厲悲鳴哀哭。

文孝晴說若要化解阿芬心中怨氣，就必須找出那晚夜店欺負阿芬的傢伙，將他繩之以法、令他接受制裁，替阿芬討回公道。到那時候，她會再試著牽阿芬走出這間屋子，帶她離開這個往生之地。

謝初恭目睹了文孝晴和阿芬談判的完整過程，見文孝晴不耗分毫力氣、不揮拳踢腿、不畫符唸咒，便令七孔冒血的阿芬，恢復成當初那個溫柔女學生，自是心服口服。

他與文孝晴簽下了一年租約，且向阿芬保證，自己也會盡一切力量，幫忙文孝晴查出那晚的夜店渣男。畢竟他可是個私家偵探，且是個正義感十足的偵探。

□

和當時與阿芬談判時的場面相比，黃老仙別墅內的壓迫感、恐怖感，可大大提升了數十倍不止。

這是一種沒來由的壓迫感和恐怖感，明明只有文孝晴自己一人入房和黃老仙談判，但謝初恭仍然被四面八方的無形恐懼壓得透不過氣。

文孝晴說這種打從心底冒出來的恐懼，是由於四周「鬼氣」過於濃烈，蓋過了活人陽氣、滲進活人肉身，因此令人打從心底感到陰冷害怕。

每個鬼的鬼氣強弱不一，有的厚重濃烈、有的淡寡稀薄；每個鬼的性情也不一樣，有些鬼凶厲頑劣，甚至會主動找人麻煩，有些鬼則膽怯怕生，見人就跑。

世間千百種鬼態，和鬼魂過往性情、身故因由、生前心中有無怨念等因素都有若干關聯，卻也帶著一定的隨機性。睡夢中病死的亡靈也可能化為厲鬼，被凶殺枉死的鬼也可能痴呆無害。

阿芬端看死法，應當屬於厲鬼，但實際上比起怨恨，她心中其實塞滿更多的悲傷。她哭泣的時間遠多過憤怒咆哮，而每當阿芬與文孝晴同處一室、身處文孝晴領域裡時，鬼氣更是淡薄得接近零，言行舉止就好似生前一般，只不過笑容裡始終摻著幾分哀愁，話也少了些。

然而此時的謝初恭，即便與文孝晴相隔一面門板，確確實實地待在文孝晴的「安全領域」裡，卻依舊被四周濃烈的鬼氣壓得透不過氣。謝初恭不敢想像倘若自己踏出領域，精神和肉體會受到什麼樣的影響。

按照文孝晴事前推斷，黃老仙絕非普通厲鬼，而是長年修習異術，生前即煉就一身特異體質，因此死後的鬼氣和道行遠遠超過尋常厲鬼。

在更久以前的年代裡，像黃老仙這種等級的鬼，顯靈事蹟經人口耳相傳，或許有機會成為鄰近鄉民口中的靈驗陰神、厲害大仙，受凡人香火供奉。但今時今日，他與文孝晴可沒帶鮮花素果或是線香紙錢，而是兩手空空地上門「談判」。

要是觸怒了黃老仙，又該如何是好呢……

謝初恭思索至此，忍不住又打了一陣哆嗦，口中兩排牙齒喀啦啦地互相敲擊作響。

喀嚓——身後門開了。

謝初恭感到背後一冷，驚恐地向前撲倒，回頭只見文孝晴一手握著門把，皺著眉頭瞅著他。「社長，你還真的從頭到尾嘴巴都沒停過耶。」

「對對對對對不起！我不說話，妳繼續忙……」謝初恭瞥見房中窗邊搖椅上的黃老仙，心臟怦怦怦地激烈大跳，他覺得自己身中的五臟六腑就要被撲面而來的鬼氣給壓扁了。

「我忙完了。」文孝晴聳聳肩，微微彎腰，伸手拉住謝初恭的胳臂，攙他起身。

謝初恭被文孝晴拉住胳臂，陡然感到那逼得他透不過氣的恐懼，像是惡夢初醒般轉眼散去九成，力氣回來了、胸口也不悶了，連忙撐膝站起。

他又往房中瞥去一眼，只覺得搖椅上的黃老仙，面貌神情已經不像初見時那般巨大漆黑深邃，而是稍稍變回正常老人的樣貌了。

不論是阿芬還是黃老仙，只要進入文孝晴領域裡的鬼，心智都會逐漸穩定，而不會瘋癲狂躁，這樣文孝晴才能順利與他們溝通、談判、講道理。

「忙完了？」謝初恭欣喜問：「意思是妳和黃老先生談好了？他老人家願意離開別墅了？」

「不。」文孝晴搖搖頭，反手將門關上，領著謝初恭下樓往外走。

「他不肯走？」謝初恭隨著文孝晴踏出別墅，來到院子，只覺得呼吸變得更加順暢，剛剛心中那強烈的恐懼和壓迫感，彷彿真如夢境一般。「他也是地縛靈？」

「算是吧。」文孝晴來到山道邊一輛老國產車旁，拉開副駕駛座車門坐上車，等謝初恭也上了車，才繼續說：「就算他不是地縛靈，似乎也不打算離開那間房子，那是他的家。」

「以前是他的家沒錯，但他已經死了，那間房子被他兒子繼承，然後他兒子也死了，所以房子現在是他孫子的。」謝初恭不死心地說：「他老人家生前是生意人，應該不會不懂法律吧。」

「他懂法律。」文孝晴乾笑兩聲說：「但法律是用來規範人的，不是規範鬼的，沒有一條法律規定鬼該做些什麼、該待在什麼地方——至於我，我能和他們溝通、聊天、談判，但是沒辦法硬逼他們做不願意做的事，也不打算逼一位老先生離開自己辛苦賺錢買來的家。」

「……」謝初恭無法反駁文孝晴這番話裡的任何一句，他呆愣幾秒，嘆了口氣，說：「所以這件案子辦不成了。好吧，我來聯絡小齊……」

「也不算辦不成，我還沒說完呢。」文孝晴笑著說：「老先生開出一個條件。」

「什麼條件？」

「他想請我們幫他找一個人。」

「誰？」

「他想找當年對他下咒的降頭師。」

「當年對他下咒的……降頭師？」謝初恭聽得一頭霧水，問：「那是誰？」

「嗯……」文孝晴側頭思索半晌，將剛剛在房裡與黃老仙的溝通始末在腦海中整理一番，才說：「你還記得你同學提過老先生的過去吧，他生前醉心研究各種奇門異法，到處蒐集稀奇古怪的靈異擺飾，但自己胡搞瞎搞好多年，一直沒有煉成什麼名堂。」

「小齊是這樣說的沒錯。」謝初恭點點頭說：「然後呢？降頭師又是怎麼回事？」

「老先生死前半年，遇見一位降頭師，這位降頭師和老先生過去碰到數不清的神棍騙子、江湖術士都不一樣，他是真的有點本事。」文孝晴開始述說黃老仙遇見降頭師的那個雨夜。

那年黃老仙發現自己得了癌症，且到了末期，心灰意冷的他帶著妻子的骨灰，冒著大雨走入深山，挑了棵粗壯大樹掛上繩子，脫下外套將妻子的骨灰罈綁在胸前，踩上用來裝骨灰罈的小行李箱，正準備將腦袋往繩子裡套，卻見到前方樹下坐著一個怪人，瞪著青森森的眼睛盯著他。

黃老仙呆愣半晌，也不自殺了，又驚又喜地往那怪人走去。

他以為怪人是鬼。

他花費大半輩子的時間追神尋鬼，直到將死之際，總算見到了鬼。

但很快他失望了，怪人不是鬼，是個活人。

但很快他又興奮起來，怪人自稱是降頭師，今晚上山找鬼，因為某些工作需要幾名鬼僕，但找來找去，也找不到合用的，剛剛發現黃老仙打算尋死，索性便在一旁等著——降頭師說，趁著人剛死之際，對未冷的屍身施咒煉成的鬼，非常厲害。

黃老仙問降頭師懂不懂治癌症。

降頭師說不懂。

黃老仙又問降頭師能不能從他手上的骨灰罈，喚出他妻子的魂，他好想她，想在死前見見她。

降頭師說不能，因為黃老仙的妻子根本不在骨灰罈裡。

黃老仙絕望半晌，突然又有了新的想法，便對降頭師說自己癌症末期、穩死無生，請求降頭師用剛剛說的方法，將他煉成一隻厲害的鬼，好讓他死後飛天遁地，親自尋找妻子亡魂。

降頭師答應了，但要他別急著自殺。

因為比起在剛死之人的屍身上下咒，直接在活人身上下咒，煉成的鬼又更加厲害數倍。

那個雨夜，黃老仙和降頭師達成了協議，黃老仙奉上自己的身體讓降頭師施法下咒，將他煉成極惡大靈，他願替降頭師工作三年，三年之後，重獲自由，想去哪就去哪。

黃老仙帶著降頭師回到自家別墅，讓降頭師花費數日，在他前胸後背、頭臉四肢都刺下邪符凶咒，且乖乖按照降頭師的囑咐，每日服用藥物，定時讓降頭師登門加持。

數個月後的某一天，又到了降頭師應當登門替黃老仙施法加持的時候，但降頭師卻沒有來。

直到黃老仙病死家中，降頭師也沒再來過。

「啊！降頭師沒來？」謝初恭聽到這裡，大感不解。「為什麼？」

「我怎麼知道？」文孝晴聳聳肩。

「黃老先生沒說降頭師為什麼沒來？」謝初恭這麼問。

「他自己也不知道啊。」文孝晴說：「而且老先生說的不多，我剛剛對你說的大部分情節，其實是我自己『看』到的。」

「妳自己『看』到的……」謝初恭呆了呆，跟著哦了一聲——文孝晴說過，在她的「領域」裡，許多心智混亂的鬼，腦筋會稍微正常些，但即使如此，有些鬼依然無法像常人一樣對話交談，或是話少、或是結巴、或是前言不對後語。通常在這時候，文孝晴也懶得追問，而是笑咪咪地與對方握手，同時閉上眼睛問話。那些不擅言詞的鬼，無法清楚用言語交代過往，但一幕幕生前回憶就像是被駭客竊取般，流入文孝晴的腦海裡、浮現在她眼簾。

「對喔。」謝初恭說：「妳說妳不但是電腦駭客，還是鬼魂駭客，可以駭進鬼的大腦，偷窺他們的生前記憶……」

「不是偷窺，是溝通。」文孝晴白了謝初恭一眼，說：「他們知道我看得見，我問問題，他們直接用記憶回答。」

「好。」謝初恭問：「所以降頭師失約了，黃老先生……應該算是成功煉成厲鬼了，對吧？那他幹嘛還要找降頭師？黃老先生死那麼多年，那個降頭師應該也死了吧，他想找降頭師的亡魂？」

「對。」文孝晴點點頭，說：「因為他和降頭師的約定還沒完成，那時他答應死後當降頭師的鬼僕三年，才能重獲自由，但他當時癌症末期，隨時會死，降頭師為了防止他突然死在家裡、變成鬼後偷溜不見，所以在他身上多施一層特殊法術，讓他沒辦法離開那間別墅，就是我之前說過的——『法縛型地縛靈』。」

「原來是這樣啊！」謝初恭聽到這裡，終於明白黃老仙不是不走，而是走不了。「所以……他想找到降頭師，替他解咒，這樣他才能離開那間房子。」

「對。」文孝晴說：「不過我剛剛也說過，老先生就算解了咒，應該也不會離開房子。」

「啊！」謝初恭愕然說：「那這算什麼條件？他不走我們幹嘛幫他找人？」

「老先生希望解咒之後，能夠自由外出，尋找他妻子的亡魂。」文孝晴苦笑說：「他想將妻子亡魂帶回家中長相廝守。」

「所以如果我們幫他找到那位降頭師鬼，替他解了禁錮法術，他不但不走，還會再帶一隻鬼回家。」謝初恭臭著臉乾笑。

「對。」文孝晴說：「然後他就不會嚇唬房仲跟看房客戶了。」

「原來如此，我懂了！」謝初恭恍然大悟，大力拍了一下方向盤：「我怎麼那麼笨，沒想到這點！黃老先生走不走不是重點，重點是別干擾賣房！」

「不過……」謝初恭剛欣喜沒幾秒，突然又搖搖頭。「可是，我們連那降頭師是誰都不知道，死在哪、怎麼死的也不知道，怎麼找？」

「我在老先生的記憶裡，看到降頭師了。」文孝晴說：「如果我見到他，一眼就能認出他；加上他是個厲害的降頭師，養過很多鬼僕，所以說不定有些老鬼知道這號人物。」

「所以……妳打算找一些死很久的老鬼，問他們認不認識那位降頭師？」謝初恭愕然問。

「目前只能先這樣啦。」文孝晴說：「下次我會再來找老先生聊聊，看他能不能想起更多線索。」

「哎……」謝初恭長嘆一聲，滿臉失望。

文孝晴瞥了謝初恭一眼，說：「如果社長你對我的談判結果不滿意，那我們可以回去，讓社長親自出馬跟老先生聊聊。」

「我沒有不滿意啊！」謝初恭打著哈哈說：「剛剛我一上樓，整個人都不對勁了、快要窒息了，妳卻像是沒事一樣進去、又沒事一樣出來，果然是高手，不愧是本社首席談判專家，我們以後的業務，還得靠阿晴妳呀！」他一陣奉承之後，又說：「我可能太心急了，畢竟這件案子附帶房屋售價百分之五的獎金，一億的百分之五，就是五百萬啊，之前說好一人一半……」

「我知道啊。」文孝晴伸了個懶腰。「你以為我不愛錢啊，有兩百五十萬獎金，我就不用接一堆爛案子，可以專心做想做的遊戲了……好了，快下山吧，我肚子餓，想吃東西。」

「沒問題，我知道有家店不錯，等等社長請客，帶我們首席談判專家吃頓好的。」謝初恭長長吁了口氣，甩甩手，確定手沒有像剛剛在別墅裡那樣亂抖，這才發動引擎，開車下山。

途中他趁著紅綠燈空檔，又取出錄音筆，透過藍芽耳麥錄音，記錄這次案件進展：「這件意義非凡的委託案呢，目前進行到一個階段，接下來或許會花上兩、三個月……」

文孝晴打岔說：「哪那麼快……」

「嗯，半年到一年……」謝初恭改口。

「說不定更久。」文孝晴哼哼笑說。

「啊？還要更久？」謝初恭無奈說：「好吧，接下來或許會花上很久很久的時間……總之呢，這是一件有意義的案件、今天是個有意義的一天，差不多記錄到這，明天再進行第二件委託案。」

「明天？明天週六喔，之前說好的，週休二日。」

「呃……好吧，我忘了，週一再進行第二件委託案……」

CASE# 02

酒紅色衣櫃

今天我們的工作，算是本社開張以來的第七件委託案，嗯……其實我也不清楚該算是第七件案子，還是第二件案子。因為呢，從前幾天接到的委託裡照順序算起的二三四五六件案子，都被本社的談判專家阿晴小姐拒絕受理，我們花了幾天時間，與每一位委託人見面討論，甚至直接前往某些「案發地點」了解情況。

但是阿晴在見過委託人、走過案發地點之後，說他們碰到的困擾都「與鬼無關」，簡單來說，是那些委託人自己嚇自己。

例如第二件案子委託人家中養的貓越來越凶，她相信她家的貓是受到半年前過世的奶奶影響，但阿晴說她沒看見那位奶奶，說委託人家裡很乾淨、沒有鬼。她建議委託人去找獸醫檢查貓是不是身體出了毛病，再不行就去找動物行為專家諮詢，她愛莫能助；又例如另一位委託人懷疑老公被公司裡的年輕員工下了降頭，但我和阿晴暗中跟蹤她老公幾個小時，阿晴沒見到鬼也沒見到降頭，只見到她老公心甘情願地摟著年輕女人吃大餐、上旅館；還有個委託人，說他上國中的兒子最近每天無精打彩，臉色難看，懷疑是不久之前掃墓時被什麼東西「煞」到了，但經過本社長抽絲剝繭、仔細詢問過小弟弟，發現小弟弟只是收到了同學傳給他的成人網站網址，開啟了新世界的大門，每天晚上鎖門奮戰好幾個小時。

我本來想勸小弟弟收斂一點，但想想又覺得沒必要，畢竟那是男人必經之路，本社長以前也是這樣過來的。而且還要更猛。

總之呢，我由衷祈禱今天這件案子，和之前不一樣。

希望可以收到錢……

「你還沒錄完？」文孝晴托著臉頰，不耐煩地瞅著對面捏著錄音筆記錄案件始末的謝初恭。

「……」謝初恭不悅地辯駁：「我不是說過了，等我們公司生意興隆後，會進一步擴編徵才，那時要讓新進人員在最短的時間內進入狀況，靠的就是我現在這些工作紀錄，新人聽完就知道我們這間公司的業務到底是什麼。」

「你每段錄音都那麼多廢話，誰聽得完？」文孝晴翻了個白眼。「不能簡單明瞭一點嗎？每次都像是寫部落格心情廢文一樣，受不了……」

「拜託喔。」謝初恭說：「妳就不能偶爾跳脫寫程式的範疇，用更人性化的視角看待這個世界嗎？我只是想讓工作紀錄口語化、生活化一點，畢竟我們的工作要接觸一堆鬼鬼怪怪，紀錄口吻輕鬆一點、休閒一點，就算我自己事後重聽，也能輕鬆一點啊。」

「好，你說得對，我不煩你，你繼續。」文孝晴將視線放回手機，像是懶得與謝初恭爭辯這一點。

「哼……」謝初恭吸了口飲料，輕咳兩聲，按下錄音鍵，繼續說：「這次案子的委託人，是一名二手家具商，上個月透過朋友，買下一個奇怪的衣櫃……」

酒紅色的檜木衣櫃高兩公尺、寬兩公尺、深六十公分，從正面看去，正正方方。

衣櫃有四扇門，最左側的門上鑲著一面全身鏡，餘下三面門上的雕飾和花紋雅緻秀麗，卻難以分辨產地和年代。

櫃內中央豎著一塊直板，將衣櫃分為左右兩邊。右側兩扇門揭開，下方有四小一大五個抽屜，高處一支橫桿能吊掛上衣；左側兩扇門裡則只有高處橫桿，像是專門用來吊掛連身服飾的空間。

二手家具商老劉年紀五十幾歲，前幾年畢業返家的兒子協助經營網路社群，生意大有起色，一家人從小屋換成大屋，還將過去囤在倉庫裡捨不得賣的幾樣老家具一一搬入新家。

老劉之所以看上這座酒紅大衣櫃，為的是想給妻子一個驚喜。老劉和妻子這兩年愛上國標舞，購入一堆連身舞衣，但舊家衣櫃狹小，收納不便；這酒紅色衣櫃不但寬大，且左半邊掛連身長衣的空間比一般市售衣櫃大得多。

老劉的妻子一見這衣櫃，果然心花怒放，迫不及待地將一件件禮服掛進櫃裡，整天笑呵呵地對著長鏡換裝照鏡。

然而就在衣櫃搬進新家的第九天清晨，老劉的妻子睡眼惺忪地醒來要上廁所，卻發現老劉不在床上。

她打著哈欠下床走入廁所，仍沒見到老劉。

她知道老劉可沒有晨跑習慣，也從未這麼早起床；她狐疑地出房找了一陣，客廳、廚房、客用廁所、客房、前後陽台都繞了一遍，還是不見老劉。

最後，她推開兒子臥房的門，只見到沉沉睡著的兒子，依舊沒有老劉的蹤影。

不知怎地，她第一時間就想起國標舞教室裡那個年紀和自己相仿，但是外表比自己年輕許多的女人，她對老劉每次上課瞅著那女同學緊實屁股的眼神耿耿於懷。

雖然老劉過去除了眼神沒那麼自制之外，並未對她不忠，更遑論半夜偷溜出門私會女同學這種匪夷所思的行徑，但她就是無法不往那方向想。

她焦躁地返回主臥室，拿了手機撥給老劉，想質問他一大清早天都還沒亮，到底死哪去了——

老劉的手機鈴聲從床頭響起。

老劉的手機就擺在床頭。

老劉妻子的心情從焦躁變為困惑，老劉過去從來不曾不帶手機外出。

她掛上電話，打算上陽台翻翻鞋櫃，看老劉外出鞋子在不在，但她前腳才踏出房門，突然聽見一陣熟悉的聲音。

是老劉的鼾聲。

她愕然轉身瞧著空空的床，然後目光盯住了衣櫃。

聲音是從衣櫃發出來的。

她走去揭開衣櫃門，只見老劉身上套著她的一套國標舞衣，整個人蜷縮伏在衣櫃裡呼嚕大睡。

被妻子拉出衣櫃的老劉，傻愣地站在長鏡前打量自己，他不但將妻子的舞衣撐得變形破裂，一張臉還化著古怪濃妝、雙手也塗上了艷紅指甲油。

儘管老劉堅稱自己絕對沒有半夜爬起來偷喝酒，但依舊被妻子罵了個狗血淋頭。

三天後，老劉再次被妻子從衣櫃裡拖出、脫去第二件破裂舞衣、卸去濃妝和指甲油後，被押去醫院看身心科。

又過了幾天，當老劉第五度被妻兒聯手拉出衣櫃時，終於意識到自己這古怪舉動可能和衣櫃有關。

他找來自家員工，令他們將衣櫃搬回倉庫，他不想要了。

但不知怎地，員工們一觸著衣櫃，不是頭暈反胃、就是手腳痠軟無力，四個壯漢加上老劉和兒子，手忙腳亂，輪流跑廁所乾嘔了幾次，竟無法挪動那衣櫃分毫。

老劉令員工拿來斧頭、鐵撬，打算直接在房間裡拆卸衣櫃，但員工們一踏進房便頭昏眼花、站都站不穩，同時老劉突然變了個人似地吼叫進房，奪下員工手中的斧頭、鐵撬，將他們全趕出房，然後當著房門外的妻兒和員工面前脫了個精光，坐在妻子化妝台前替自己塗了張大花臉，期間誰進房勸阻，他就拿斧頭作勢要劈人。

眾人只能眼睜睜地看老劉化完妝後，扔下斧頭，揭開衣櫃，又躲了進去，直到傳出呼嚕嚕鼾聲，這才怯怯地進屋，打開衣櫃，將老劉喚醒。清醒後的老劉聽妻兒、員工述說自己剛剛的失控情形，只能帶著大夥兒草草收拾行李，搬入旅館暫住。

接下來幾天，老劉每個深夜，都會從旅館夢遊回家鑽入衣櫃一睡到天亮。

老劉妻兒試著阻止他夢遊，但他們似乎也受到那衣櫃的奇異力量影響，一過十二點，便抵擋不住睡意，只能在隔天清晨醒來，驚慌失措地返家將老劉從衣櫃拖出。

接著有天，老劉帶著員工，找上那衣櫃賣家的住處，質問衣櫃來歷，賣家一臉心虛，推說衣櫃是遠親託他賣的，究竟什麼來歷他也不知道，因為遠親也沒提。

老劉追問那遠親下落，賣家只說遠親舉家移民了。

老劉不死心地逼問賣家那遠親的聯絡方式，說自己快要被逼死了。賣家莫可奈何，坦白供稱所謂遠親，其實是他的親姊姊。

一年前跳樓了。

在姊姊跳樓之後，賣家才終於能夠將衣櫃從家中搬出轉賣。

而賣家姊姊跳樓之前，也和老劉一樣，每隔幾天就會化著濃妝溜進衣櫃，直到被家人拉出。

老劉又驚又怒地指控賣家，既然知道這衣櫃有問題，為何還轉賣害人。

賣家哭喪著臉說自己也沒辦法，那衣櫃打不壞也搬不走，姊姊跳樓當晚，他們全家都迷迷糊糊地擠進衣櫃，昏睡一整晚，全家都作了同一個夢，夢裡一個古怪傢伙要他們替這衣櫃找個新主人，否則就依序當這衣櫃的新主人，下場和姊姊一樣。

賣家最終找上老劉，賣出了這個酒紅色衣櫃。

老劉愕然之餘，請了法師來家中作法，要法師轉告衣櫃，說自己願意幫忙找個更適合它的新主人，請衣櫃放過自己。

法師嘟嘟囔囔地裝神弄鬼半晌，卻被換了張陰森凶臉的老劉奪下法器，打得落荒而逃。

老劉坐在化妝鏡前歪頭厲笑，對著鏡中的自己和佇在門外哆嗦的妻兒說自己之後確實需要找個新主人，但在找著新主人之前，自己與這舊主人的遊戲，還沒結束呢。

妻兒驚恐地問他究竟想玩什麼遊戲？

老劉瞪大眼睛咧嘴怪笑，說自己還在考慮、還沒有決定，想再陪老劉多玩幾天，邊玩邊決定這場遊戲的結局。

老劉笑嘻嘻地說前一個衣櫃主人的結局是跳樓，前前主人是上吊，再前一位主人則是溺死在自家浴缸……

在妻兒崩潰哭嚎下，老劉鑽回衣櫃，呼嚕大睡。

一週後，老劉兒子來到萬念俱灰的老劉面前，指著手機螢幕上通靈事務社的社群頁面，問老劉要不要再試試這家師父。

老劉茫然盯著通靈事務社的宣傳照片，照片上的謝初恭和文孝晴一左一右，穿著雅緻西服套裝，活脫像是金融公司裡的績優員工，和坊間命理工作室、民宅收驚、道場、寺廟那些奇人異士、道士法師等都大相逕庭。

那時老劉也沒多想，只要兒子自己看著辦吧。

於是老劉兒子向通靈事務社傳了訊息，與謝初恭深談許久，約定今日傍晚碰面詳談。

「自己化個花臉鑽進衣櫃睡到早上，應該不會是想太多吧……」謝初恭望著手錶喃喃自語，再過二十來分鐘，就是與老劉一家碰頭面談的時間。

由於前幾件委託案經文孝晴初步「診斷」過後，都做出「委託人想太多了」、「這件事和鬼一點關係也沒有」之類的結論，直接退回委託案，因此事務社也沒有任何收入。為此，謝初恭打算修改收費標準，希望像維修電腦一樣，增加一筆檢測費——委託人直接上門諮詢收費三百、在外面談收費五百、登門檢查房屋有無鬧鬼收費八百——倘若案件真有靈異成分需要解決，再視案件難度議價。

「要看過本人才知道。」文孝晴打了個哈欠，隨口說：「你可能不知道，這世界上怕鬼又期盼自己撞鬼的人實在太多了。」

「啊？」謝初恭皺眉不解地問：「怕鬼又期盼自己撞鬼？有這種人？」

「是啊。」文孝晴冷笑說：「他們總是把『期盼』誤認為『判斷』。」

「嗯。」謝初恭攤攤手。「用我聽得懂的方式講話好嗎？」

「好比之前一件案子。」文孝晴托著臉頰說：「女人發現老公外遇，她不願承認老公花心、不願承認老公更愛外面的女人，所以『判斷』老公必定中了降頭，這種判斷與其說是判斷，不是更接近一種期盼嗎？」

「原來妳是這個意思……」謝初恭扠手抱胸，點了點頭，苦笑說：「但我覺得這樣的期盼，也是人之常情，妳也體諒一下人家的心情嘛。」

「我非常願意體諒呀。」文孝晴望著謝初恭，正經說：「我只是提醒你，我的本業是寫程式，寫程式跟算數學一樣，一就是一、零就是零，一加一等於幾，換一百個人來算，答案也只有一個，和心情無關、跟期待無關，沒有『你相信是幾就是幾』這回事。同樣的道理，一件案子有沒有鬼，跟委託人的意願無關、和他的盼望無關、跟我體不體諒委託人也無關。如果案件裡有鬼，我就幫他處理，如果案件裡沒鬼，那就跟我的專業無關。如果委託人只是單純想尋求心靈寄託，我會建議他們去寺廟、去教堂、去尋求醫生幫忙、找親朋好友傾訴心聲，能讓心靈平靜就好。但那些並不在我的工作範圍內，你聽懂了嗎？」

「聽懂了。」謝初恭摸摸鼻子，哼哼說：「幹嘛……我又沒有要妳明知道沒鬼還硬接案子。我們是通靈事務社，不是裝神弄鬼社……」

咖啡廳的門被推開，老劉一家怯怯地走入，比約定時間提早不少。

由於老劉的兒子與謝初恭網路溝通時，傳給謝初恭好幾張老劉睡在衣櫃時的照片，以及幾張生活照作為比對，因此謝初恭遠遠一見老劉，立時便認出他，並且笑咪咪地上前迎接。

老劉一家看來神情憔悴，老劉喃喃說這兩天已經分不清自己究竟醒著還是睡著，老劉妻兒也說老劉現在平日一打瞌睡就迷迷糊糊地想找化妝品往臉上抹，非要在他耳邊大吼才能喚醒他，一家人精神都瀕臨崩潰邊緣。

謝初恭還想多問，文孝晴卻催促老劉直接帶她返家瞧瞧那衣櫃。

由於他們會面的咖啡廳就在老劉家巷子外，因此沒多久，眾人便已進入那高級社區，上樓抵達老劉家門前。

老劉妻子取出門卡，顫抖地開了門。

其實這扇門，她與兒子幾乎每天都要打開一次，為的是進屋將老劉從衣櫃裡拉出、帶回旅館，但此時此刻，她依舊害怕得直哆嗦——這陣子他們幾乎不曾在傍晚時過來。

文孝晴推開門，走入家中，儘管老劉妻子在她身後說不用脫鞋也沒關係，但她還是脫下鞋子，悠哉地踩上一旁鞋櫃邊的拖鞋，就像上朋友家作客一樣悠哉。

謝初恭也有樣學樣地換上拖鞋。

此時天色尚未全黑，客廳陰沉沉的，文孝晴也沒開燈，卻像是知道衣櫃在哪兒般，大步走向主臥房。

老劉一家進屋揭開燈、關上門，跟在文謝兩人身後，一見文孝晴二話不說便走入主臥房，突然嚷嚷叫起：「等等！」

「嗯？」文孝晴和謝初恭一齊回頭。「怎麼了？」

「等等！」老劉一家急忙嚷著。老劉妻兒從沙發上取來繩子，將老劉雙手反綁，讓他坐在沙發上，還將他的腳也綁起來。

「不好意思，我得綁著自己……」老劉哀淒地說：「不然等下我可能會……對你們做出一些不妥當的事情……」

「放心，你不會的。」文孝晴微微一笑，轉頭看向主臥房。「鬼在櫃子裡，不在客廳；有我在，鬼沒辦法傷害你。」

「是啊。」謝初恭也點點頭，對老劉說：「你們現在在本社談判專家阿晴的安全領域裡，很安全的……嗯？」他說到這裡，有些疑惑，東張西望，卻不見身邊出現「圈圈」。

謝初恭跟進主臥房，站在文孝晴身後，和她一齊盯著那座兩公尺高、兩公尺寬的酒紅色大衣櫃，低聲問：「阿晴，妳現在有開領域嗎？」

「嗯？」文孝晴像是不明白謝初恭為何這麼問，她說：「我的領域沒有開關，它一直都在。」

「那為什麼……」謝初恭問：「沒有圈圈？我是說，像上次黃老仙家裡那種圈圈……」

「圈圈……」文孝晴思索了兩秒，立時明白謝初恭這麼問的意思，哼哼一笑回答：「那是老先生的鬼氣太厲害了，一來壓縮了我的領域，二來老先生的鬼氣和我的領域互相推擠，才會顯現出『輪廓』讓你看見；一般的鬼沒有這種本事，你之所以看不到『圈圈』，是因為領域範圍比房子還大，而且濃度不夠的鬼氣，沒辦法擠壓到我的領域，所以輪廓也不明顯，就像我們在公司裡面一樣。」

「對耶，我在公司也沒見過圈圈……」謝初恭這才意識到和上次黃老仙別墅相比，此時的他幾乎感受不到壓迫感和恐懼感，顯然眼前這衣櫃裡的傢伙，和黃老仙完全不在同個量級裡。

「所以現在妳確定，衣櫃裡真的有鬼？」謝初恭這麼問：「這件案子不是心理作用了。」

「是啊。」文孝晴揭開衣櫃左右四扇門，指著空空如也的衣櫃左側空間上方橫桿。「大姊的頭吊在桿子上。」

「喝！」謝初恭瞪大眼睛，望著什麼也沒有的空衣櫃，連退數步，惱火地說：「不要這麼突然……嗯？裡面什麼也沒有啊。」

「她沒現身，你想看她嗎？」文孝晴這麼問謝初恭，也沒等他回答，便對著衣櫃高處說：「大姊，我們社長想看看妳，妳願意讓他看嗎？」

「我沒說我想看！」謝初恭連忙轉身走出主臥房，踏出房門的前一刻，眼神瞄了一眼衣櫃方向，隱約只見衣櫃敞開的門內飄出絲絲黑髮，嚇得加快腳步走去客廳，來到廳桌旁一張單人沙發坐下，搓搓顫抖的雙手，輕咳兩聲，勉強擠出微笑，對著老劉一家說：「剛剛本社談判專家阿晴，已經確認衣櫃裡真的有不乾淨的東西，接下來她會開始和對方談判，我先來和三位講一下本社的收費標準，分成前金和尾款……」

主臥房裡，文孝晴微仰著頭，望著垂吊在衣櫃橫桿下方那顆女人腦袋。

連繫著腦袋和橫桿的，是這女人腦袋的長髮。

腦袋上兩隻眼睛瞪得又圓又大，甚至微微外突，一條長舌掛在嘴外。

腦袋上的長髮彷彿有彈性，能自由延伸；腦袋緩緩飄出衣櫃，兩隻眼睛直勾勾地盯著文孝晴。

「妳跟其他人……有點……不太一樣……」腦袋這麼說，陡然飛快地在文孝晴頸際繞轉兩圈，像是想以長髮勒住文孝晴的脖子。

但腦袋長髮卻繞了個空，像是穿透空氣般，沒勒著文孝晴。

應當說，當文孝晴無意讓鬼觸碰時，鬼便無法碰著她；就像鬼不願意讓普通人觸碰時，無論普通人伸手還是撲抱什麼的，同樣也觸不著鬼。

文孝晴拉開衣櫃右側下方，那四小一大抽屜裡的一個小抽屜。

裡頭放著兩隻手。

「妳生前被人分屍？」文孝晴取出一隻手瞧了瞧，放回抽屜，關上；跟著又揭開另一個小抽屜，見到一雙腳掌。「手，然後是腳。」

「噫！妳做什麼？妳在偷看我的身體？妳不要看！不准妳看！不可以看！」女人腦袋尖叫亂竄去撞文孝晴，一連數次，統統撲了空。

「兩隻胳臂。」文孝晴揭開第三個小抽屜，然後第四個小抽屜。「兩條腿……嗯，這格塞太滿了。」

「呀——妳不准看！」女人腦袋尖叫哭嚎。「主人、主人，快來給我把這婊子碎屍萬段！主人你怎麼不聽話吶？」

「在我的領域裡，妳沒辦法控制劉先生。」文孝晴說到這裡，伸手撩了撩飛繞在身邊的女人腦袋周圍的絲絲亂髮，喃喃說：「妳一頭長髮，像煙一樣，能鑽入人體，產生類似迷幻藥的效果？我猜對了嗎？」

「我不回答，我不想回答！憑什麼要我回答妳？」女人腦袋尖叫著，見文孝晴又要伸手開最後一個，也是四小一大當中的那個大抽屜，驚駭尖叫。

「不准看！」

「只剩下身體了。」文孝晴對腦袋的尖叫充耳不聞，拉開大抽屜，裡頭果然擺著兩塊剖半的身軀——這抽屜裡的手手腳腳，自然不是肉身，而是這女人的魂魄，她生前遭人分屍，身子被分裝進右側五個抽屜，腦袋則被綁在左側橫桿上。「妳是被人凶殺還是怎樣？凶手跟妳有這麼大的仇恨嗎？」

「有！有！我跟那婊子有不共戴天之仇，我恨她，她恨我，我買凶殺她一雙孩子，她買凶把我分屍，呀哈哈哈哈——」腦袋厲聲尖笑，兩隻眼睛凸得像要掉出來般。「好好玩、好過癮！呀哈哈哈！」

「我說這位分屍大姊……」文孝晴望著腦袋的雙眼，攤攤手說：「看來妳生前就瘋得不輕啊……」

她的能力能讓死後心智錯亂的亡靈，意識恢復至接近生前狀態，卻無法令生前即是瘋子的鬼魂變正常。

「這樣要怎麼談啊？」文孝晴皺眉思索，見腦袋咧嘴怪笑，就說：「妳喜歡拉人進櫃子裡玩遊戲？」

「是呀是呀！」腦袋厲笑說：「妳想陪我玩？行呀，但我還要先和我主人玩，等我玩死他之後，再來玩死妳，活活玩死妳呀——」她這麼說的時候，腦袋飛來文孝晴面前，貼得極近，鼻尖幾乎要碰著文孝晴的鼻尖。

文孝晴伸手以指尖點著腦袋額頭，將腦袋往後推遠，說：「妳靠太近，我眼睛沒辦法對焦啊。」

「嘶——」腦袋微微有些愕然，歪著頭喃喃說：「妳真的……跟其他人不一樣呀！」

「對。我天生就跟其他人不一樣。」文孝晴點頭笑說：「跟我玩，比跟劉老闆玩，要好玩很多喔，妳不想早一點跟我玩嗎？」

「早一點跟妳玩……」腦袋顯得有些心動。

「分屍大姊，我看這樣好不好——」文孝晴笑著向腦袋提出建議。

□

客廳裡，和老劉談妥案件價錢的謝初恭，在老劉一家好奇追問下，向他們說明文孝晴的特異體質。

「你剛剛說……」老劉不敢置信地問：「文小姐不怕鬼的體質是家族遺傳？」

「是啊。」謝初恭點點頭，說：「過去她外婆家族裡，有些人也是這樣。她有個舅舅，是位作家，也是天生不怕鬼。」

「她舅舅是作家？寫什麼的？」老劉的兒子好奇問。

「寫鬼故事。」謝初恭說：「叫作史秋。」

「史秋？」老劉的兒子抓了抓頭。「沒聽過……」

「聽說他寫的鬼故事，很多都是鬼告訴他的。」謝初恭轉述著從文孝晴口中聽來的那些有關她舅舅的奇異事蹟，聽得老劉一家一愣一愣的，直到文孝晴走出主臥房，來到客廳，眾人這才連忙起身迎接。

「結束了？」謝初恭朝著主臥房探頭探腦。「談得怎樣？」

「談成了。」文孝晴說：「衣櫃裡的分屍大姊答應不再為難劉先生一家，條件是讓我擔任衣櫃的新主人。」

「什麼?分屍!」謝初恭起聽了「分屍」兩個字，先是一驚，跟著腦袋完整消化完文孝晴的整句話後，又是一驚。「由妳當衣櫃主人?這什麼意思?」

「意思就是——」文孝晴轉頭望著老劉，說：「劉老闆，要解決這件事情的辦法，就是將那衣櫃轉讓給我，可以嗎?」

「當然可以!」老劉點頭如搗蒜。「之前我帶著員工拿鋸子、鐵撬都搞不定那衣櫃，妳願意接手那再好不過啦，我現在就找人載去妳家!」

「等等!」謝初恭立時揚手打斷老劉的話，對文孝晴說：「妳要把衣櫃載去我家?」

「那房間是我向你租的，在租約期間，也算是我家。」文孝晴理所當然地說。

「不行!妳忘了阿芬還沒走?」謝初恭說得堅定，還不忘向一旁目瞪口呆的老劉一家解釋。「阿芬是個女大學生，過世一陣子了，她心中有些冤屈，變成地縛靈，我們答應幫她找到害她的壞人，解開她心中的結。」

「這倒也是……」文孝晴扠手思索。「我在家裡是沒問題，但我如果出門，分屍大姊說不定會欺負阿芬……好吧。」她轉頭對老劉說：「劉老闆，你剛剛說現在就能找人過來搬衣櫃？」

「對對對。」老劉連連點頭，問：「所以……妳決定好要送去哪裡了？」

「送去陽明山上一間別墅。」文孝晴淡淡說：「那地方應該很適合，老先生應該不介意多個客人。」

「什、麼——」謝初恭不敢置信地瞪著文孝晴。「妳確定要送去……黃老仙那邊？」

「是啊。」文孝晴點點頭，說：「反正老先生在世時就喜歡蒐集這些亂七八糟的鬼東西，偏偏他生前看不見鬼，老是被騙，我們就當送他個禮物，我覺得老先生應該對那大姊很感興趣。」

「妳……妳確定黃老先生能接受妳隨便往他家裡塞東西？」謝初恭這麼問，跟著望向窗外，有些害怕。「現在是晚上耶，我也要跟妳一起去？」

「你不去也行。」文孝晴淡淡地說：「只是你老是這樣，會讓我覺得就算我自己一個人，也可以經營一間類似的工作室，接些類似的案子。」

「我沒說不去啊！」謝初恭立時改口：「我……我只是怕搬衣櫃的大哥們去那間屋子會出事。」

「呃……」老劉終於忍不住插嘴。「陽明山上哪間房子那麼危險啊？」

「那間屋子……」謝初恭轉頭望了主臥房一眼，像是擔心被房間裡的衣櫃聽見。他湊近老劉的耳際說：「是一間鬼屋，裡頭住著隻老鬼，可能比你家衣櫃凶一百倍，那老先生肯定能鎮住你家衣櫃……」

「比那衣櫃還凶一百倍！」老劉聽謝初恭這麼說，也不禁有些猶豫，問：「那要不要等明天天亮再送過去？」

「我懶得等天亮。」文孝晴搖搖頭，冷冷說：「你們放心，有我全程盯著，沒有人會出事。」

老劉見文孝晴說得果斷，便立時打電話召集員工來家中幫忙搬衣櫃。半晌後，老劉的幾名員工在文孝晴扠手監看下，輕易將先前彷如生根的大衣櫃搬出了房、搬下樓、搬上卡車、蓋上帆布，再用繩索綁實，一路載往陽明山。

謝初恭載著文孝晴及老劉和另一位員工，一路跟隨卡車，並始終與卡車保持一定距離，生怕讓卡車駛離了文孝晴的安全領域。文孝晴倒是老神在在，說衣櫃裡那分屍大姊和她達成約定，答應她不會傷害其他人。

分屍大姊似乎對文孝晴很感興趣，很希望文孝晴成為她下一任主人。

兩輛車終於抵達陽明山黃老仙別墅外，先後停妥車，在文孝晴指示下，眾人將裹著帆布的衣櫃搬下車，搬進別墅院子。

眾人剛進院子，同時感到一股沒來由的恐怖，從腳底爬上全身。

就連帆布底下的衣櫃，也感受到壓力般地微微晃動起來，幾扇櫃門微微晃動。

文孝晴伸手按上衣櫃門板，衣櫃立時安靜下來。

接著她仰頭朝著別墅二樓窗子高喊：「老先生——是我，阿晴，我帶了一座古董衣櫃過來看你，衣櫃裡面藏了個有趣的傢伙，我敢說你一定會喜歡！不過我們幾位搬家大哥都是普通人，承受不了你的陰氣，得請你先迴避一下。」

文孝晴剛說完，四周那沉重恐怖壓力登時消散。

她向謝初恭討了別墅鑰匙，開門進屋開燈，令院子裡的老劉員工將衣櫃搬進屋。

幾名員工你看看我、我看看你，仍然有些不安，在文孝晴催促再三、一旁老劉也說會包個大紅包犒賞之下，員工們這才重新振奮士氣，協力將大衣櫃搬進別墅。

文孝晴領著眾人一路將衣櫃搬上樓，搬入二樓那間擺著搖椅的大房間裡，將衣櫃擺在原有衣櫃旁邊——由於這主臥房十分寬敞，並排擺著兩個衣櫃，看上去也不會太突兀。

文孝晴將眾人請出房外，對謝初恭說：「社長，沒你的事了，你先回去休息吧，天亮之後再來接我。」

「什麼？」謝初恭和老劉都有些訝異。「妳自己一個人在這裡過夜？」

「是啊。」文孝晴點點頭。「我跟分屍大姊約好的，她要我接手當衣櫃主人，晚點她會正式邀請我進衣櫃裡陪她玩，她要告訴我她的故事——這是身為衣櫃主人的義務。」

「還有這種條件，妳剛剛怎麼不說？」謝初恭愕然問。

「說了然後呢？」文孝晴反問：「你想代替我進衣櫃？」

「不……我……」謝初恭支支吾吾地說：「我沒有妳的本事，代替不了妳……可是，妳不在家的話，我一個人……家裡還有阿芬呢。」

「阿芬她跟你很熟了，你還怕她？」文孝晴皺眉搖頭。

「我……我不是怕她，我……」謝初恭攤攤手，說：「我是怕妳出事。這樣好了，我把車停在底下便利商店旁邊，我在便利商店裡待命，妳有事就打給我，我立刻過來救妳。」

「你方便就好。」文孝晴點點頭，轉頭對看傻眼的老劉說衣櫃已經換了新主人，要他可以放心了。

她說完，便進房關門。

□

房裡，文孝晴揭開左側衣櫃門，只見衣櫃裡那分屍大姊的腦袋像隻受驚的松鼠般，整顆腦袋塞在橫桿後方不停哆嗦，一見文孝晴，立時朝她憤怒咆哮：「妳這賤貨……不守信用！」

「我哪有不守信用。」文孝晴說：「我要妳放過老劉，讓我接手成為衣櫃主人，換我陪妳玩，妳自己說好的。」

「妳帶我……來這什麼地方？」腦袋這麼說，驚恐地東張西望，像是畏懼著什麼。「附近有什麼東西？怎麼那麼……那麼……可怕？」

「妳也會怕呀，呵呵。」文孝晴不疾不徐地回答：「這房子住著一位老先生，是我的朋友，他應該也想和妳玩。」

「我不想和他玩！」腦袋尖吼：「快把櫃子搬出去——」

「沒辦法喔，這櫃子太重，我一個人搬不動，妳想走就自己想辦法。」

「我……我……」腦袋猙獰喘息，突然倏地往上一竄，整顆腦袋穿過衣櫃頂部，像是想飛天逃離這間屋子，但她頭髮儘管能夠延伸，但其中一端牢牢綁著衣櫃橫桿，腦袋飛過房間天花板，卻無法完全令頭髮掙脫橫桿，且她的手腳還留在抽屜裡。不一會兒，腦袋便筋疲力盡地落回衣櫃，吊在橫桿上憤恨喘息。

「跟我想的一樣，妳沒辦法離開這個櫃子，妳也是地縛靈，至於是不是受到法術禁錮，我就不知道了。」文孝晴點點頭，但又有些困惑，說：「但既然妳是地縛靈，又怎麼能找去旅館，迷昏他的妻子兒子，再把老劉拐回家呢？」她思索至此，突然又揭開裝著分屍大姊手腳的抽屜，哦了一聲。「該不會……妳的頭綁死在衣櫃桿子上，但是抽屜裡這些手腳可以離開衣櫃，妳就是用這些手腳來控制劉先生一家？」

「閉嘴、閉嘴！」分屍大姊腦袋見文孝晴取出她的手腳，像是抛沙包般地隨手抛玩，氣得咧開嘴巴，一口咬在文孝晴的胳臂上——但卻像是咬在堅岩上一般，不僅無法咬傷文孝晴，甚至無法令牙齒陷入文孝晴的皮肉分毫，就像是投射在文孝晴身上的立體投影一般。

腦袋見咬人無效，便瞬間變招，竄到文孝晴正面，鼓嘴朝她臉上吹出大股黑氣。

文孝晴絲毫不受黑氣影響，只是玩夠了般地將手腳扔回抽屜，關上。

「嘿嘿！我說呀，妳憋氣也沒用……」分屍大姊腦袋，瞪著一雙凸眼，瞅著文孝晴厲笑：「妳吸了我的氣，馬上就要變成我的玩具，要進櫃子裡陪我玩了！呀哈哈哈。」

「我本來就答應要陪妳玩啊。」文孝晴攤攤手。「我又沒有反悔。」

「妳不覺得睏嗎？」腦袋見文孝晴仍不受她的黑氣影響，詫異莫名。「妳到底是什麼人？」

「我？我是程式設計師、獨立遊戲設計師、電腦駭客……兼通靈事務社談判專家。」文孝晴微笑說：「也是這個衣櫃的新主人。」

「我聽不懂妳說什麼呀！可惡，氣死我了！睡覺，妳快睡覺！」腦袋再次瘋癲亂竄，還不停像是試圖召喚抽屜裡的手腳，腿臂出來助陣般，但那些手腳在文孝晴的領域裡，像是被切斷了連線，不再受分屍大姊腦袋指揮，因此全無動靜。

下一刻，腦袋像是感應到什麼似地，陡然轉而面向窗邊。

擺在窗邊的搖椅緩緩搖動起來。

分屍大姊腦袋像隻受驚的貓，倏地竄回衣櫃，砰地重重關上衣櫃門。

一個漆黑身影自搖椅上站起，全身泛著蒸騰黑氣，一步步走向衣櫃。

「老先生，這就是我帶來給你的禮物，怎麼樣，很有趣吧。」文孝晴笑著敲了敲衣櫃門，說：「分屍大姊，妳先跟老先生聊聊，聊完了還想找我玩的話再叫我。」

她對衣櫃說完，轉頭向黃老仙比了個「請」的手勢，便轉身走遠。

她在房中繞了繞，只見這偌大臥房的床鋪、櫃子全都積滿灰塵，只獨獨窗邊那張搖椅一塵不染。

她二話不說，一屁股坐上搖椅，也不理站在衣櫃前的黃老仙轉頭望她，只隨口說：「不好意思，老先生，你房間灰塵太多，椅子借我坐一下，改天我來幫你打掃乾淨，謝謝。」

她說完，雙手按上椅臂，仰身往椅背躺倒，由衷讚歎了一聲。「這椅子坐起來好舒服啊，如果能搬回家那該有多好，但社長一定又要抗議了，唉。」

黃老仙緩緩揭開衣櫃，隨手提出那分屍大姊腦袋，一會兒像是鑑賞珍寶般地仔細端看，一會兒又像是孩童玩玩具般地揑揑腦袋耳朵、戳戳鼻孔、扯扯舌頭。

分屍大姊腦袋神情僵凝，大氣也不敢喘一聲，只哆嗦個不停。

文孝晴閉著眼睛，耳邊依稀聽見黃老仙偶爾會發問，分屍大姊腦袋也會乖乖回答，文孝晴無心細聽他們的對話內容，繼續閉目養神。

時間一點一滴地過去，她漸漸進入夢鄉。

□

文孝晴再次睜開眼睛時，天已經亮了。

她站起身，大大伸了個懶腰，望望窗外，又望望坐在床沿看她的黃老仙，呵呵笑說：「不好意思，老先生，你這張椅子實在太舒服了，我竟然一覺到天亮，雖然作了好多夢，但還是覺得睡得很飽，精神很好。」

黃老仙依舊維持著那身泛著黑氣的墨黑身影，對文孝晴的問候充耳不聞。

「嗯。」文孝晴來到衣櫃前，伸手敲敲衣櫃門，揭開。

腦袋橫擺在櫃內橫桿上方，一見文孝晴開門，氣呼呼地在櫃子裡飛來盪去，怒目瞪視文孝晴，朝著她齜牙咧嘴。

「妳輸了。」文孝晴笑著對腦袋說：「從昨晚到剛剛天亮前，妳進我夢裡四次，四次都沒有騙到我。」

「……」腦袋又氣又惱。文孝晴說的沒錯，昨晚黃老仙把玩膩了，搖椅又被文孝晴佔著，便默默離開房間，去別墅其他地方閒晃。

腦袋四度飛到文孝晴面前狂吐黑氣，鑽入文孝晴夢中拐她進衣櫃，但文孝晴卻也不上當，四次都看穿腦袋意圖，可把腦袋氣得七竅生煙，卻也莫可奈何。

文孝晴關上衣櫃門，轉身和黃老仙又多聊了幾句，這才悠哉離去。

□

二十分鐘後，文孝晴坐上謝初恭趕來接應的車。

「妳看起來睡得很好。」謝初恭沒好氣地說，他在車裡半夢半醒地窩了一夜，作了一堆惡夢。

「真的。」文孝晴點點頭。「那分屍大姊一直進我夢裡騙我進衣櫃，但都失敗了。」

「啊？」謝初恭問：「她進妳夢裡？她就是這樣進人夢裡，騙人夢遊走進衣櫃啊？」

「對啊。」文孝晴說：「她在夢裡第一次變成小妹妹要我帶她回家、第二次變成帥哥約我去看電影、第三次變成老奶奶要我扶她過馬路、第四次變成美妝師說要幫我化妝——但不管她變成什麼樣子，我都看得見她假臉後面的凸眼睛，跟她手腳身體上那些接合痕跡，還有她背後那個大衣櫃。」

「所以她再也沒辦法去煩劉先生了？」謝初恭這麼說：「昨晚我跟劉先生說好，只要接下來一週都安然無恙，這件案子就算正式結案，他就會把尾款匯進我們戶頭。」

「我跟老先生說過了，他會替我看著衣櫃，不會讓衣櫃裡那位分屍大姊再用手腳跑出衣櫃作怪。」文孝晴這麼說。

「所以黃老先生真的答應收下那衣櫃喔？」謝初恭問。

「是啊。」文孝晴說：「老先生本來就喜歡這種珍奇怪寶，我們以後如果又碰到這類東西，全帶來給他老人家吧。」

「那……」謝初恭有些遲疑。「不就表示以後我們三天兩頭就要往這裡跑？」

「不好嗎？」文孝晴笑著說：「不然你想怎麼處理那個衣櫃？你又不讓

我帶回家裡，現在有這麼厲害的老先生幫我們鎮著這些東西，你還嫌？而且如果接下來要是真的三天兩頭就往這裡跑，代表我們生意興隆，不是嗎？」

「也是耶。」謝初恭聽文孝晴提起生意，這才稍稍釋懷。「妳說的有道理。」

「我記得沒錯的話，今天要跟另一位委託人碰面。」文孝晴拿出手機，滑出第三件委託案資料。

「等等妳可以自己去嗎？」謝初恭打了個哈欠。「我想睡一下。」

「要我自己去是沒差。」文孝晴望向窗外。「雖然那樣會讓我覺得其實我只要請個助理，替我開車跑腿整理資料，一個人也可以做這件工作了。」

「好好好！等等我們一起去！」謝初恭嘖嘖說著：「先吃早餐吧。」

「不，我想先回家一趟。」文孝晴說：「我想洗個澡換套衣服。」

「好，妳說怎樣就怎樣，通靈事務社首席談判專家，滿意嗎？」

「還算滿意。」

CASE# 03

手機裡的鬼

本案委託人的手機裡賴著一隻女鬼。

委託人說女鬼像是手機祕書，比現在智慧型手機裡的語音助理要厲害很多，不但會提醒他每日課表、當他家教、甚至還教他穿搭和社交禮儀，讓他從成績普通的傻愣宅男，變成討喜型男，簡直就是科幻小說裡的完美機器人祕書。

但兩個月前委託人和手機裡的女鬼吵架了，女鬼開始妨礙委託人學校和生活中的每件事。

委託人不勝其擾，換了兩次手機，還是擺脫不了女鬼。

報告完畢。

「嗯……」

謝初恭耳上掛著藍芽耳機，熄火下車，一面往自家走，一面聆聽文孝晴錄完傳給他的案件簡介。

剛剛他獨自完成一宗抓姦案件裡的部分跟監環節，錄下不少精彩影音——即便之前的亞當徵信社變成了現在的通靈事務社，但如果有適合的徵信案件上門，謝初恭也不會推辭，由於抓姦之類的徵信工作，不在文孝晴的責任範圍內，因此他通常會獨自進行。

只不過這幾個月裡一直令他耿耿於懷的，除了阿芬的案件以外，就是他個人徵信社開張初期，接到的那宗寵物走失案裡的狗狗，至今還是沒找到。

照理說，他兩個月前就已將訂金退還給那哭得稀里嘩啦的小主人，想來應當已經要放棄了，但他仍未將這件事自案件進度表中刪去。

每隔一、兩週，他都會在進度表下方，增加幾段新發現，最後加註一句——「繼續調查中」。

他走到自家公寓樓下時，同時也聽完了文孝晴錄製的案件簡介。

他對著三樓信箱門牌底下那片小小的通靈事務社招牌呵上口氣，用袖子抹去招牌上的霧氣和塵埃，將那金屬招牌拭得光亮些，這才取出鑰匙開門，心中盤算著將來存夠了錢，可要換間更體面的辦公室。

他走上公寓三樓，覺得懸在老舊紅鐵門上的事務社招牌稍微有些歪斜，便伸手挪正些，然後開門進屋。

客廳——也是通靈事務社辦公室會客桌前，坐著一個年輕人。

文孝晴坐在年輕人對面，托著一支手機滑滑按按。

謝初恭脫下外套掛上衣帽架，望著年輕人，問文孝晴：「這位同學就是今天打公共電話向我們求救的委託人？」

「是。」文孝晴揚揚手裡的手機，正是兩個小時前，年輕人從公共電話撥給通靈事務社的那通求救電話裡所提及的，藏著女鬼的手機。

年輕人立即起身自我介紹：「你好，我叫賴廣鈦——」

「放輕鬆。」謝初恭見文孝晴連水也沒幫賴廣鈦倒，立時轉身從自己辦公桌旁拿出一罐罐裝咖啡，外加一張名片，放到賴廣鈦面前，說：「我是通靈事務社社長謝亞當。」

「謝……亞當？」賴廣鈦捏起名片，瞅著名片上「社長謝亞當」幾個字，不由得狐疑地瞧了瞧文孝晴。

「哦。」文孝晴呵呵一笑。「名片上是假名，真名就是我跟你說的那個，但是他不喜歡那兩個字，所以對外習慣用假名，名片也用假名。」

「喂！」謝初恭在文孝晴身邊坐下，尷尬地對賴廣鈦說：「亞當不是假名，是我的英文名字 Adam，我護照上也用這個名字。」他這麼說完，轉頭不悅地瞪著文孝晴。「阿晴小姐，妳忘了我跟妳說過，向客戶介紹我的時候，請用我的英文名字嗎？」

「我沒忘。」文孝晴搖搖頭，說：「我只是覺得亞當這名字不適合你。」

「妳夠囉，那是我媽幫我取的英文名字，是我從小用到大的英文名字……不過這不是現在討論的重點。」謝初恭強抑著滿腹不悅，轉頭對賴廣鈦說：「剛剛本社談判專家阿晴，有向你提過收費標準了嗎？」

「呃……」賴廣鈦搖搖頭。「還沒有。」

「好。」謝初恭吸了口氣，擠出笑容、搓著手說：「我們通靈事務社會向上門諮詢的客戶先收一筆諮詢費，客戶親自上門諮詢收費三百、在我方指定或同意的場所面談收費五百、我方登門拜訪收費八百……諮詢過後我方判斷案件確實存在靈異要素，結案後會從整筆案件費用中扣除諮詢費。」

「唔……」賴廣鈦呆了幾秒，這才聽懂謝初恭這番話的意思，連忙取出錢包，喃喃說：「我是自行上門，所以是……」

「三百。」謝初恭笑著說。

「是……」賴廣鈦掏出三百付給謝初恭，喃喃問：「所以，你們要怎麼判斷，我的手機有沒有存在『靈異要素』？」

「好問題。」謝初恭彈了記手指，問文孝晴：「談判專家，向客戶說明一下『靈異要素』的標準吧。」

「不用說明，這件案子確實有鬼，我已經答應受理這件案子了。」文孝晴揚揚手機，對賴廣鈦說：「你放心，我會替你處理好這件事，我正在跟她談判，但現在有個問題——她有點倔強，要說服她可能得花點時間，這段期間，你的手機恐怕要留在這裡，平時盡量別上網、也別收信，要打電話就用市內電話，或是公共電話，就像你早上求救那樣。」

「什麼？」賴廣鈦有些驚訝，說：「連上網收信都不行……這樣也太辛苦了吧……」

「賴同學，既然你嘗試用公共電話，應該多少猜到了，不是嗎？」文孝晴將賴廣鈦的手機平擺上桌。「她能透過網路進入你下一支新手機，甚至進入你的電腦，你只要收信、上網，她還是能找到你。」

「嗯？」謝初恭湊近去瞧賴廣鈦的手機，只見手機螢幕上幾個 APP 圖示怪異歪斜地堆積在角落，手機桌面上是一個女孩背對著鏡頭，坐在床沿，面向一扇窗，窗外虛無一片。

「哇靠，你這手機系統也太炫炮，跟正常系統完全不一樣。」謝初恭拿出自己的手機，湊在賴廣鈦那支同品牌、不同款式的手機旁作比對。

賴廣鈦無奈地說：「我跟伶伶鬧翻後，手機就變這樣了，變得很難用。不，應該說根本沒辦法用……」他這麼說時，伸手在自己手機螢幕上點按那些散落在角落的 APP，但那些 APP 圖示會開始四處亂跑，四處躲避賴廣鈦的手指，偶爾讓他成功開啟 APP 了，也會自己關上，等同整支手機失去功能。

「那麼，容我打個岔……」謝初恭說：「能不能先讓我了解一下前因始末，這樣我才能快點進入狀況，幫忙出些主意。」

「可以。」文孝晴拿起手機，對賴廣鈦說：「你把剛剛跟我說過的話，再跟我們社長說一遍吧，你跟他講的時候，可以不用太簡潔，講複雜一點沒關係，他最喜歡講廢話，應該也喜歡聽廢話。」

她這麼說完，拿著手機轉身往自己房間走去。

「什麼？」謝初恭立時喊住她，說：「那妳現在要做什麼？」

文孝晴哼哼一笑，說：「我覺得這位妹妹有些話在我們客人面前說不出口，我帶她進我房間，私下跟她聊聊。」

「……」謝初恭聽文孝晴這麼說，也覺得合理，便對賴廣鈦說：「嗯，我們談判專家開工了，你別擔心，把事情統統告訴我吧。」

「嗯……」賴廣鈦點點頭，說：「半年前，我收到一封告白簡訊。」

「告白簡訊？你是指……向喜歡的人表白的那種簡訊？」謝初恭問。

「對。」賴廣鈦苦笑了笑，說：「那封簡訊就是伶伶寄的，不過她寄錯人了。她生病了，想在臨死之前，把積在心裡的話告訴學長，打了一封好長的簡訊，但那時她已經很虛弱，按錯收訊人的電話號碼，結果把那封簡訊傳給了我。在那不久之後，她就過世了……」

「所以，你那時就知道那個……伶伶是鬼？」謝初恭問。

「不是。」賴廣鈦搖頭苦笑說：「是過了一個多月，我跟她聊得很熟之後，她才承認她是鬼……」

文孝晴進房關門，向倚在窗邊看黃昏天空的阿芬打了個招呼，自顧自地趴上床，按開賴廣鈦的手機——

此時手機被文孝晴抓在手中，桌面上的APP排列整齊，一個也沒亂跑。桌面上那坐在床沿的女孩身影，被恢復原位的APP圖示遮住了大半身子；她微微側頭，眼睛也被APP遮著，只露著小巧口鼻。她伸手去撥弄擋著她的APP圖示，卻無法撥開任何一枚。

文孝晴淡淡笑著，點開通訊APP，用賴廣鈦的帳號，繼續和女孩進行剛剛未完的對話。

女孩的帳號名稱是「伶伶」。伶伶搶先傳來了訊息：「又是妳？妳到底想怎樣？」

「雖然我打字超快，但要靠打字溝通這麼複雜的事情，還是太麻煩。」文孝晴用雙手拇指快速點按著小小的螢幕。「我想當面跟妳聊聊。」

「妳怎麼跟我聊？妳沒辦法來我這邊，我也沒辦法去妳那邊。」伶伶這麼回覆：「況且就算妳真進來，我也不想見妳。」

「誰說的，說不定我們能見到面啊。」文孝晴打完這句話，也不理伶伶後續的回覆，將手機塞進枕頭下方，翻身改成側臥，拉起被子閉目入睡——嚴格來說，她並不是入睡，而是透過「自身領域」，直接用意識與魂魄溝通——

這個房間乍看之下就是普通富家女高中生的房間，牆上貼著幾張偶像明星海報，櫥櫃裡擺著幾尊高價娃娃；但仔細看，房間的某些細部構造卻又有些不太協調——門旁壁面有幾處油漆剝落，露出像是電路板的東西，地板有幾處角落突起一顆顆像是電容、電阻、晶片之類的小零件。

「這裡就是妳的世界。」文孝晴來到粉色單人床邊，望著伶伶的背影。

「我要妳不要來，妳還是來了。」伶伶微微轉頭，用眼角餘光盯視文孝晴。「我是鬼，妳不怕我嗎？」

「不怕。」文孝晴搖搖頭。

「那這樣呢？」伶伶整顆頭扭轉了一百八十度，身子背對著文孝晴，但是整張臉卻正對文孝晴。

「妳長得很可愛啊，妳叫伶伶，對吧？」文孝晴說：「可別把自己弄成七孔流血喔，那樣醜死了。」

「幹嘛？如果我七孔流血，妳就會怕了嗎？」伶伶嘿嘿一笑，腦袋一歪，雙眼立時淌下兩道鮮血。

文孝晴繞過床，來到窗邊，見到窗外霧茫茫一片，隱約可見有些密密麻麻的訊號在大霧中飛飄，她喃喃地說：「這就是手機裡的世界？現在我們在CPU裡，還是在RAM裡呢？還是……其他地方？」

伶伶氣呼呼地起身，依舊維持腦袋轉向一百八十度的模樣，搖搖晃晃地走近文孝晴身旁，瞪著淌血凶眼直視文孝晴。「妳真的不怕鬼？」

「真的。」文孝晴點點頭，伸手摸上伶伶的臉，像是捏麵人般地替伶伶將嘴巴拉開、鼻孔撐大、耳朵拉尖、又在她臉上擠出幾道奇怪皺紋，說：「我見過比妳現在醜一百多萬倍的鬼，但我還是不怕，我天生就不怕鬼。」

「我現在很醜嗎？」伶伶尖叫地後退，將頭轉回正面，伸手摸著自己的臉。「妳對我的臉做了什麼？」

「沒事、沒事。」文孝晴連忙上前拉住伶伶，揉了揉她的臉，讓她那張青春俏臉恢復原狀，說：「妳很可愛，賴同學說妳過世前，本來想向學長告白，但是電話號碼打錯一碼，把簡訊寄給他。」

「……」伶伶聽文孝晴這麼說，氣得跺地尖叫：「他白癡喔，這種事幹嘛跟別人講啦！」

「沒辦法啊。」文孝晴說：「他說妳不肯放過他，快害他走投無路了。」

「什麼！那個沒良心的白癡竟然這樣說我！」伶伶氣急敗壞地來到窗邊，雙手按著窗沿，整扇窗先是盈盈發亮，跟著變成一片漆黑。她望著窗外那片漆黑，氣呼呼地罵著：「他關機了？」

「不。」文孝晴說：「手機在我這，我放在枕頭底下，我睡在枕頭上，從夢裡進來見妳。」

「什麼？」伶伶轉身，驚訝地望著文孝晴。「從夢裡進來見我，所以我在妳的夢裡？還是妳進來我的夢裡？」

「嗯……」文孝晴想了想，說：「嚴格來說，我們都不是在對方夢裡，我其實也不是真的睡著，只是能夠看見鬼的內心，能夠直接和鬼的內心對話；我用這種方式和鬼溝通時，感覺上像是作夢，但又不是真的作夢，更像是網路連線，就跟妳的情形一樣——剛剛我做了點小實驗，我猜妳的本尊其實並不在手機裡，而是躲在整個網路世界裡的某台伺服器裡，透過網路侵入他的手機，控制他的手機，我猜對了嗎？」

「妳在說什麼啊？什麼小實驗？」伶伶皺眉搖頭。「我明明就在他的手機裡啊，平常我只要一開窗，就能看見他的手機畫面，也可以用他的鏡頭拍照，嘻嘻。」

「嗯……」文孝晴苦笑了笑，說：「所以妳其實也還沒搞清楚自己的情況——這也難怪，妳只是個小妹妹，剛上大學不久就過世了。」

「妳這話什麼意思？」伶伶聽文孝晴這麼說，有些不悅，飄近文孝晴身邊，扠腰瞪著她說：「我看妳也沒大我幾歲，說話卻像個老師一樣，妳說我不在他的手機裡？證據呢？」

「證據？」文孝晴攤攤手，說：「我現在手邊沒有賴同學的手機，沒辦法讓妳看證據，但是剛剛賴同學把舊手機也帶來了，我交叉測試比對過，只有插上 SIM 卡的手機，才會被妳影響，我一開飛航模式、截斷網路時，介面就又恢復正常了。妳影響他手機的方式，就跟駭客一樣。這讓我對妳非常好奇，妳的靈魂究竟是怎麼在網路世界裡運作、隨心所欲地入侵他人手機、控制介面甚至是手機硬體……」

「拜託喔！」伶伶翻了白眼大笑，哼哼說：「什麼駭客啦！我哪有那麼厲害，什麼隨心所欲入侵別人手機！我一直待在這個房間裡啊。」她邊說，邊走去門邊，伸手揭開門，門外是一塊電路板牆。「妳看，我哪裡也不能去，跟坐牢一樣。」

「我也很好奇這個地方，究竟是怎麼一回事……」文孝晴扠著手，打量整間房，對伶伶說：「我只能假設妳在死前那一刻，按下傳送鍵時，靈魂隨著執念，進入了整個網路世界，藉由簡訊收信位置，也就是按錯的電話號碼，與賴同學的手機連線了；而妳的本體，其實藏在整個網路世界裡，例如某台伺服器裡。賴同學後來雖然換了新手機，但只要他連上網路收信，或是登入社群頁面看留言，妳又能找到他的新手機。當然，妳不見得理解整個原理，只是憑著『習慣動作』自然而然地做著這些事。」

「停！」伶伶拍著頭，露出困擾的神情，喃喃說：「妳不要再講什麼網路、什麼伺服器了，我的腦袋快爆炸了，妳說的東西比電腦課老師講的還難懂，我以前成績雖然不算差，但是我不想變成鬼了還要上課……」

文孝晴攤攤手，無奈說：「我也沒興趣免費幫人上課，但現在賴同學向我們求救，說妳騷擾他、欺負他、捉弄他，就要把他逼瘋了……」

「哼！那個沒良心的這樣說我！」伶伶瞪大眼睛，重重一跺腳，怒叱尖喊：「我明明是在保護他！」

伶伶這麼喊時，雙眼隱隱浮現血絲、露出凶容。

但文孝晴只靜靜地望著她，一點也沒被嚇著，淡淡說：「我姑且相信妳是保護他，那妳說說，妳怎麼保護他？又或者把時間再往前推一點，說說你們到底為了什麼事情吵架，你們一開始不是聊得很開心嗎？」

□

「一開始我很開心，竟然可以這樣認識一個新朋友……」

客廳會客桌前，賴廣鈦說起他與伶伶相識之初的情形。

他們透過簡訊交談，雞同鴨講了半晌，交換了通訊帳號，然後很快發現是一場誤會，賴廣鈦並非是伶伶心儀的那位學長，純粹就是伶伶記錯了電話號碼。

賴廣鈦問伶伶有沒有重新傳一次那封簡訊給學長。

伶伶說沒有，來不及了。

賴廣鈦問為什麼來不及。

伶伶說因為自己正前往一個很遠的地方，或許永遠也回不去了。

賴廣鈦接連問了好幾個國家，伶伶都說不是。

比那些地方更遠。

比地理課本上那些地方都要更遠——當時伶伶倒是沒這麼說，只推說是祕密。

兩人開始聊起來以後，驚覺之前兩人住得其實挺近的，彼此就讀的學校也相距不遠，就連年紀也差不多。

伶伶問賴廣鈦有沒有談過戀愛，賴廣鈦說沒有，因為自己不會把妹。

伶伶說妹不是用把的，是用吸引的，就像那個學長一樣，酷酷的，和自己也沒有太多互動，但就吸引到她了。

賴廣鈦說因為那學長肯定是個帥哥，只有帥哥才能這樣被動把妹。

伶伶想看賴廣鈦的照片，賴廣鈦傳了幾張過去。

伶伶說賴廣鈦長得不差，只是不會打扮而已。

賴廣鈦說自己也想看伶伶的照片。

伶伶手邊沒有照片，只好給他社群帳號名字，要他自己搜尋，他很快搜到了，開心地稱讚伶伶長得很可愛，但同時也困惑地問為什麼社群頁面上，同學親友的留言，看起來都像是在悼念一個死去的人？

伶伶說那是她和同學之間的專屬小遊戲，要他別想太多。

□

「那時候我也只能那麼說啊！」伶伶對文孝晴說：「不然怎麼辦，說我是鬼，那不嚇死他了。」

「我沒說妳錯啊。」文孝晴說：「所以你們變成了無話不聊的朋友，還幫他記著每天課表、盯他功課，像是他的家教，或是祕書那樣。」

「因為我沒事做啊。」伶伶指著房間。「妳自己也看到了，在這個房間裡，除了跟他說話之外，還能做什麼呢？」

「嗯。」文孝晴說：「也就是說，他等於是妳的全世界。」

「妳這樣講有點肉麻耶……」伶伶似乎被文孝晴說中什麼般，靜默了幾秒，無奈說：「我把他當朋友，希望他過得好。」

「所以妳教他穿搭，把他從一個不會打扮的宅男，改造成時尚青年。」

「對啊，結果那個混蛋不但不感激我，還說我壞話，想趕我走。」

「為什麼？是不是妳對他承認自己已經死了？」

「算是吧。」伶伶靜默半晌，說：「因為他向我告白，說好像喜歡上我了，我沒辦法，只能告訴他真相……」

□

「什麼！」謝初恭啞然失笑，望著賴廣鈦。「你向她告白？你愛上她了。」

「我也不確定那是不是愛……」賴廣鈦無奈說：「那時我只覺得她很可愛，跟我無話不聊，又教我功課，又教我穿搭、還教我怎麼交朋友，她說將來如果我生孩子，她說不定還可以幫我教小孩功課……這不就跟老婆一樣嗎？我想這輩子如果可以娶到這樣的老婆好像也不錯，所以就跟她說，要不要試看看在一起……」

「然後呢？」謝初恭問：「她說她是鬼，你嚇死了，想收回告白，她就生氣開始整你，這就是你們翻臉的原因？」

「才不是……」賴廣鈦搖搖頭，說：「那時她確實說自己已經死了、變成鬼，不能當我老婆……我本來不相信，花了好幾天時間，問過她好多同學朋友，大家都說她死了。我還跑去她學校確認，最後不得不接受這件事。但其實我一點也不怕她，我還是覺得她很可愛，我跟她說沒辦法當老婆的話，那當一輩子的朋友也不錯，她也答應了。」

「哦。」謝初恭點點頭，又問：「那後來你們怎麼翻臉的？」

「她討厭我加入的一個新社團，也不喜歡我玩交友軟體……」賴廣鈦神情有些無奈。

□

「我討厭他加入那個社團，那根本不是正常的社團。」出不去的房間裡，伶伶對文孝晴說：「那個社團對外自稱是聯誼社團，實際上根本就是在教男生怎麼騙砲。他們學校那個社團成立好幾年，好幾屆學長都畢業出社會了，但還是控制著整個社團，每年都在騙新人加入，根本是一群大色狼在培訓小色狼，我們學校也有女同學被騙過，所以我知道。」

「……」文孝晴扠著手，沉默幾秒，問：「妳說騙砲，是指教人亂槍打鳥到處把妹，到手之後再始亂終棄？」

「算是吧。」伶伶點點頭，又說：「但據說這已經是他們那些花招裡面，最不下流的手段了。」

「哦？」文孝晴皺眉問：「最不下流的招式是騙砲，那更下流的招式……該不會是下藥吧？」

「對啊！」伶伶瞪大眼睛說：「他們會找各種理由辦活動，生日派對、畢業派對，有時候一些已經畢業的社團元老也會來參加，據說下藥的都是那些元老。」

文孝晴抿著下唇，在房中踱步繞圈，像是思索著什麼，她問：「妳知道那些下藥元老的名字嗎？」

伶伶翻了個白眼，說：「我怎麼會知道，我又沒被騙過。」

「也是。」文孝晴點點頭，又問：「所以妳怎麼妨礙賴同學？」

「一開始，我只是幫他過濾交友軟體。」伶伶這麼說。

□

「一開始，她只是亂搞我的交友軟體。」賴廣鈦攤手說：「我不知道她怎麼弄的，把一堆不符合設定條件的阿婆跟我送作堆……」

「阿婆？」謝初恭津津有味地聽著賴廣鈦述說當時手機裡的女鬼伶伶，用了不知什麼辦法，將符合他設定條件的女孩統統擋下，反過來蒐集大量五、六十歲的喪偶阿姨們，和賴廣鈦的交友帳號成功配對，甚至修改他軟體裡的設定，將他的交友軟體與社群頁面連線，把他與阿婆配對成功的通知，全顯示在他的社群動態上。

這記毒招，差點嚇瘋賴廣鈦。

令他瞬間成為親友和社團成員間的笑柄，大家接二連三地幫他取新外號——「阿嬤蒐集者」、「阿婆百科全書」、「老人院院長」、「婆婆獵人」、「長照中心終身志工」……

當賴廣鈦氣急敗壞地質問伶伶是不是她搞的鬼時，伶伶也正式和他攤牌，大方坦承正是她的傑作。

賴廣鈦問伶伶為什麼要這樣害他？

伶伶說用交友軟體無所謂，但不該用社團學長教的那些噁心話術騙女生。

賴廣鈦說那不是騙人話術，只是說話技巧；他說伶伶一開始也騙他，害他投入感情之後，才承認自己是鬼，明明說要當他朋友，卻反過來妨礙他追其他女生。

伶伶說自己又沒有騙他身體的意圖，也沒有騙他燒紙錢給自己，從開始到現在，都是自己無條件幫他，從來沒要求他替自己做什麼。

賴廣鈦說自己也沒有騙女生身體的意圖，只是想找個女友，好好對他。

伶伶說要認真交女友，就退出那個社團，跟那些壞蛋絕交。

賴廣鈦說伶伶不應該隨便幫他的朋友貼上標籤，就像他也不希望其他人說伶伶壞話。

兩人爭論許久，也爭論不出結果，賴廣鈦依舊熱衷參與社團活動，聽學長分享把妹心得、聽同學分享近日交友軟體的各種斬獲，可是又羨慕又嫉妒。

但不論他換裝什麼新的交友軟體，伶伶依舊能夠進入每一款交友軟體，刪去他新結交的可愛妹子，替他與各式各樣的年長阿姨牽線，後來甚至變本加厲，直接用他的名義向阿姨們告白，說自己天生敬老尊賢，希望阿姨給他一個機會，讓他能夠接下幫阿姨捧斗送終的重責大任。

這話一出可不得了，有些阿姨因此意亂情迷，說下半輩子的牽手就是他了；有些阿姨則勃然大怒，說年輕人說話沒分寸，亂開玩笑、觸人霉頭；還有些阿姨相約朋友一起玩交友軟體，都收到賴廣鈦的捧斗告白，聯合怒罵賴廣鈦亂槍打鳥就算了，還專挑老阿姨打，簡直是蓄意詐騙。

賴廣鈦一覺醒來，被幾十個老阿姨圍攻猛轟，驚駭地砍去所有交友軟體，和伶伶大吵一架，換了新手機。

但沒用，伶伶很快就找入他的新手機，且刪除他的通訊錄，刪除他社群頁面裡那些社團朋友，替他退出通訊軟體社團群組，想要切斷他與那些社團的一切聯繫。

賴廣鈦又換了手機，試著將大家加回來。

伶伶再次上門，這次不再刪東西，而是直接用賴廣鈦的帳號，在社團群組、社團頁面上瘋狂張貼大量反騙砲、反下藥的文章，且說要報警。

儘管賴廣鈦向學校社團學長們誠懇道歉，說那些攻擊文章都不是他貼的，是跟他有過節的駭客幹的好事，但或許是那些文章中「報警」、「下藥」

等字眼，當真觸動了社團某些成員的敏感神經，學長們還是聯合將賴廣鈦「勸離」了社團。

賴廣鈦那時終於意識到手機裡的伶伶，不只能夠惡作劇，而且能夠徹底摧毀生長在網路時代的他的人生。

他不敢再用手機，每天閒暇時就上網咖搜尋資料，希望找到擺脫伶伶的方法。

然後，他搜尋到通靈事務社的社群頁面，記下了諮詢電話。

□

文孝晴拿著手機，走出房間，來到會客桌前，在謝初恭身邊坐下，將賴廣鈦的手機放回桌上，點開伶伶的通訊頁面，開啟視訊模式，像是要讓伶伶直接參與討論。

「聽得到我的聲音嗎?伶伶。」文孝晴先確認伶伶在線上，跟著望了望賴廣鈦，說：「賴同學，我先說明一下我的工作跟能力範圍，我是談判專家，不是驅魔師，我可以替你和鬼溝通，但不能強迫鬼魂一定要按照我的意思做事，剛剛我跟伶伶討論之後，想出一個折衷的辦法，大家各退一步，看你願不願意。」

「……」賴廣鈦垮著臉，問：「怎麼折衷?」

「首先。」文孝晴說：「伶伶願意離開你的手機，從此不再干涉你的交友和生活，但條件是你不能用交友軟體騙砲、不能用從那個社團學到的話術來騙女生。」

「我從來沒騙過女生!」賴廣鈦對著手機大叫：「用那個交友軟體騙女生的，就是妳自己——妳用我的名義騙阿婆，再栽贓嫁禍給我，害我莫名其妙被一大堆阿婆罵到臭頭，有幾個歐巴桑還找到我學校，害我在學校裡被大家說是『阿嬤蒐集者』、『阿婆百科全書』、『婆婆獵人』……我每天上學都痛苦到想死！妳毀了我，妳知道嗎？」

「我現在知道了……」伶伶的身影出現在視訊螢幕上，她端坐在床沿，低聲說：「是我不好，我用錯方法了，造成你的困擾，我很不好意思，以後我不會再煩你了，這輩子我都不會煩你了……」

賴廣鈦像是沒想到伶伶會這麼乾脆地道歉，一時有些反應不過來，積了一肚子吵架的話語瞬間全沒了用處，支吾半晌，說：「那……妳以後好好照顧自己……」

「嗯。」伶伶這麼說，站起身，向鏡頭——也就是她房中那扇窗，深深一鞠躬，畫面結束。

賴廣鈦的手機恢復原狀，APP圖示不亂跳了，桌面也變回原本的圖片。

賴廣鈦緩緩拿起手機，按了按，說：「這樣就……好了？」

「哇塞！不愧是本社首席談判專家阿晴，專家一出手，就知有沒有！」

謝初恭也沒想到文孝晴帶著手機進房不到一個小時，就成功說服女鬼。立時拍掌稱讚，想起剛剛還沒報價，立時說：「這次費用……」

「社長，還沒結案喔。」文孝晴打斷謝初恭的話，對賴廣鈦說：「同學，你剛剛太急了，我還沒把所有的條件說完耶。」

「什麼？」賴廣鈦愕然問：「還有條件？」

「其實也不算是條件啦，只是想請你幫忙。」文孝晴笑著說。

「請我幫忙？我能幫她什麼忙？」

「不是幫她，是幫我。」文孝晴這麼說：「是這樣子，我知道你現在還是相信你的社團，相信你社團朋友們不是壞人，但是我現在懷疑你們社團某位離校前輩，或是他的朋友，曾經傷害過我朋友，我想替我朋友討回公道，我想知道更多有關你們社團的事，想請你幫忙調查。」

「什麼……」賴廣鈦不敢置信地說：「要我幫忙調查？我怎麼調查？妳說妳朋友被我們社團前輩傷害過，她怎麼了？怎麼沒報警？」

「她被逼到走投無路，上吊自殺了。」文孝晴緩緩揚手，指向自己臥房。

「就在我現在住的房間的門框。」

賴廣鈦和謝初恭順著文孝晴手指的方向看去，果然見到文孝晴房間門框上，隱隱浮現一條腰帶，吊著一個悲傷的身影。

「哇！」賴廣鈦嚇得差點摸下沙發。

「阿晴，妳想做什麼？」謝初恭也驚恐起身，急急問：「現在是怎樣？這兩件事有關係嗎？」

「我不知道有沒有關係。」文孝晴說：「所以想調查看看，剛剛在房間裡，我對伶伶簡單說了阿芬的事，伶伶答應幫我一起調查，社長你應該不會反對吧。」

「我……」謝初恭聽文孝晴這麼說，又瞥見文孝晴房間門框下的阿芬身影微微飄晃，像是在等待謝初恭的回答，只好說：「我當然贊成調查，我當初就答應阿芬替她討回公道，將渣男繩之以法！」

「等等……」賴廣鈦連忙說：「你們沒問過我嗎？妳要我幫忙調查社團？

我要怎麼調查？我現在已經不在社團裡啦……」

「你放心，你要做的事情完全沒難度，你只要正常生活、正常上學，跟你那些社團朋友繼續往來，也不用急著重新加入他們，順其自然就好，然後把你在學校裡聽到有關他們的事偷偷告訴我就行了。」文孝晴這麼說：「如果有其他工作，我會另外通知你，只要你配合我的調查，這次談判費十六萬我們分文不收，你不用付一毛錢，我們社長連剛剛的三百也退給你。」

「什麼！十六萬！」別說賴廣鈦，就連謝初恭也大吃一驚。「這價碼怎麼算出來的？」

「費用很複雜，我解釋給你聽。」文孝晴又從賴廣鈦手裡拿回手機，同時拿出自己的手機，將兩支手機並排擺在桌上，對著賴廣鈦說：「我打算幫伶伶搬家，讓她住進我的手機——應該說改和我的手機連線，以後不會再連進賴同學的手機。」

「什麼！」賴廣鈦和謝初恭又是同時一驚。「還能搬家？」

「是啊。」文孝晴說：「我剛剛去見過伶伶，她被困在一個像是電路板構成的房間裡出不來，她房間的窗戶就像一面螢幕，每天只能看著賴同學你的手機，簡單來說，賴同學平時的生活，就是她的一切，所以她只能跟你互動，現在你要跟她絕交、要她不再干預你任何事，我只好試著把她和我的手機連線，以後由我陪她聊天，不然的話，你不覺得她很可憐嗎？」

「可憐……」賴廣鈦傻愣半晌，像是在消化文孝晴這番話的意思，他喃喃說：「我……我沒說要跟她絕交啊，我只是要她別干涉我的私生活。」

「就算是這樣，一樣很可憐吧。」文孝晴這麼說：「你想想，如果要你日復一日看著一個女生的手機、看著她的日常生活、看著她結婚生子、看著她慢慢變老，而且還不能和她有太多互動……你不覺得會很辛苦嗎？你可能會說，如果以後她改跟我的手機連線，情況會改善嗎？會喔！我剛剛去過她的房間，我可以替她改造房間、替她蓋個小陽台、替她擴建出客廳與更多房間，然後多擺幾台電腦，讓她可以隨心所欲逛逛其他人的電腦跟手機，而不只是看我的手機，當然整個增建、改造的過程會很漫長，這一切的費用，我就大概抓個十六萬。」

「太貴了啦！」賴廣鈦說：「我沒那麼多錢啊。」

「所以我剛剛跟你提出了交換條件啊！同學，你只要定期通風報信給我，偶爾跑跑腿，既可以維護學校和平、保護女生不受傷害，還可以完全折抵這筆費用，你沒有損失，不是嗎？」文孝晴說：「你別忘了我剛剛說過，我是談判專家，不是驅魔師，我沒辦法強迫伶伶做什麼，如果你不願意，那這筆生意就談不成了，她會繼續纏著你一輩子，替你介紹更多失婚阿姨，直到你真正當上老人院院長、拿到婆婆獵人傳說級徽章為止囉。」

「誰要那種徽章啦！」賴廣鈦著急地說：「那如果調查之後，發現我們社團跟學長們是無辜的怎麼辦？你們會向我道歉嗎？」

「那表示我判斷錯誤，我會向你道歉，請你吃大餐，正式結束你的任務。」文孝晴說：「伶伶也會為她先前誤解你們社團這件事正式向你道歉，好好補償你。」

「她怎麼補償？」賴廣鈦這麼問。

賴廣鈦手機螢幕瞬間點亮，跳出兩則訊息，一則是照片、一則是語音。

賴廣鈦點開訊息，見到伶伶的自拍照片，照片上的伶伶穿著高中制服，露出楚楚可憐的表情。「我如果確定自己誤會你，就穿女僕裝向你道歉、幫你捶背、幫你捏腳，行嗎？」

「妳不是說妳沒辦法自拍嗎？」賴廣鈦訝異地問，他手機上立時又跳出一則語音訊息。

「剛剛孝晴姊在我房間研究了一下，發現一些新功能，現在我能自拍了。」

文孝晴也跟著說：「我的能力之一，是讓活人跟鬼魂『連線』，可以讓你在夢裡見到伶伶，到時候夢境會非常逼真，她會當面跟你道歉。」

「道歉就道歉，幹嘛穿女僕裝……」賴廣鈦倒是有些不好意思。

「你之前不是說你想看女生穿女僕裝。」伶伶又傳來語音訊息，且自動開啟。

「我是在講幹話，妳別當真。」

「所以你不想看了？」

「我……到時候再說啦！」

「到時候再說的意思。」文孝晴問：「就是指『成交』對吧。」

「好啦，成交……」賴廣鈦點點頭，跟著轉頭望向謝初恭，說：「社長，她剛剛說三百會退給我。」

「對啊。」文孝晴也附和賴廣鈦的話。「社長，把錢退給人家。」

「……」謝初恭見阿芬依舊掛在文孝晴臥房門框下哀怨地望著他，只能無奈地掏出皮夾，取出三百還給賴廣鈦。

CASE# 04

晴天娃娃

這次的案件是這樣子的，委託人說自從搬入新家之後，兩個孩子的情緒一天比一天奇怪，脾氣也變得異常暴躁，他們做了一大堆晴天娃娃掛在房間，還不准別人收拾，甚至會對委託人使用暴力，最嚴重的一次，是將委託人的丈夫，也是他們爸爸的手腳都咬傷了……

「嘿，賴同學做事挺仔細的。」文孝晴坐在副駕駛座上，檢視手機信箱那封最新來信，那是賴廣鈦學校聯誼社團的成員名單。

一週前，賴廣鈦答應協助文孝晴調查聯誼社團，由於他已退出社團，過往曾加入的私密社群和通訊群組也全都退出，且因文孝晴特地叮囑他別急著要求重返社團，以免令社團學長起疑，因此在這短短一週裡，賴廣鈦也僅能憑著記憶整理出一份團員名單，還額外附上每位團員的通訊帳號、社群頁面網址和郵件信箱等簡單資料。

謝初恭稍稍問明情況，說：「這些資料有用嗎？」

「有用。」文孝晴說：「你還記得前陣子我們調查過找阿芬參加生日宴會的同學嗎？」

「對啊，妳不是說那同學應該真不知情。」謝初恭答——當時文孝晴甚至連老本行駭客技術都用上了，悄悄入侵阿芬那同學的筆電，偷看她和友人們的訊息紀錄，確信那同學並非幫凶，也試著尋找那晚慶生宴會上，究竟是誰趁著現場漆黑昏暗、大家酒酣耳熱之際，偷偷拐走了阿芬。

文孝晴看了那同學通訊紀錄裡幾段當晚隨手拍下的宴會影片，只知道當時他們一群人並非身處包廂，而是圍坐幾張桌子，周圍人來人往，又不時有相識的友人湊來打招呼，且酒吧裡隨時有特別節目登場，燈光不時暗下，尖叫歡呼此起彼落，大夥兒喝得暈頭轉向，即便那時擠來個陌生人當場拉走阿芬，說不定也不會被同行友人發現。

最重要的是，當時阿芬自己的記憶也是錯亂紛雜，她對當晚大部分的記憶，都停留在那兩、三杯酒精飲料之前，當她禁不住友人起鬨，陸續接過兩杯調酒慢慢喝之後，就漸漸失去記憶了。

她只隱隱記得，不曉得是第二杯還是第三杯調酒入口時的那股黏膩甜味，就連究竟是誰遞給她那杯甜酒，也記不清了。

「對，我覺得那同學應該不知情。」文孝晴說：「但我覺得她朋友當中，說不定有知情的——那晚生日宴會上，酒吧裡好幾路人馬，裡頭有不少人互相認識，那些人當中說不定有人聽說過什麼。」

「是啊。」謝初恭說：「這些話妳那時也說過，但我記得妳那時不是說阿芬同學的通訊好友名單裡有一千多個人，要找起來很花時間……」

「沒錯。」文孝晴揚了揚手機。「但現在我多了這兩個幫手，找起來就輕鬆多了。」

「兩個幫手……」謝初恭想了想，好奇問：「一個是賴同學，另一個……該不會是伶伶？」

「沒錯。」文孝晴說：「這幾天晚上我都在伶伶房間研究她家，昨天晚上我成功讓她和我的手機連線，現在她可以直接和我的手機通話，變成我的專屬祕書。」文孝晴說到這裡，指著手機螢幕上一個 APP 圖示，那圖示是一個女孩大頭頭像，程式名稱就是「伶伶」。

「雖然妳解釋過好幾次，但其實我還是聽不太懂……」謝初恭苦笑說：「她現在到底住在妳的手機裡，還是住在謝同學的手機裡？」

「伶伶的魂魄不在我的手機裡，也不在謝同學的手機裡，而是在網路世界裡，例如某個網路伺服器裡。」文孝晴說：「我猜她死時，魂魄隨著簡訊流入電信公司的伺服器裡，她的執念在伺服器裡化成一間房間，變成她的容身之處，而賴同學的電話號碼，就像是連接著手機和伶伶房間的網路線，在那個房間裡，她只能和賴同學的手機連線，所以她以為自己住在賴同學的手機裡。以後我會想辦法幫她找到魂魄本體，試看看能不能把她的魂魄遷入我的電腦主機，甚至回到真實世界。在這之前，我想藉著她的能力，找出欺負阿芬的傢伙。」

「嗯，好……電腦跟網路的部分我先跳過。」謝初恭說：「所以伶伶的能力，究竟能幫到妳什麼忙？」

「她能幫我從三流駭客，變成前所未有的超級駭客。」文孝晴這麼說：「我過去的駭客技術，對這個案子幫助很有限，之前我花了一整個晚上，才駭進阿芬同學的電腦裡，如果要把她通訊好友的電腦全找過，那太困難了，但現在有了伶伶，情況就不一樣了——她的房間這幾天經過我改造之後，現在不但可以跟我的手機連線，也可以從我手機發出的簡訊、電子郵件，進入其他人的手機和電腦。」

「什麼！」謝初恭愕然說：「伶伶可以進入妳和賴同學以外的人的手機跟電腦？所以妳要她幫忙偷看阿芬同學那一千多個朋友的訊息跟郵件？」

「她不用一個一個看。」文孝晴說：「她的任務很簡單，只要進入手機，把我寫的木馬程式放在裡頭，就可以離開了。」

「我懂了。」謝初恭立時醒悟。「妳讓伶伶進入那些人的電腦跟手機，植入木馬，讓妳不用一個個入侵，就能一口氣拿到所有人的訊息跟郵件？」

「沒錯。」文孝晴點點頭。「我這兩天正在寫一個能夠整合大量訊息跟郵件的程式，一次搜尋所有人的訊息跟郵件裡的關鍵字，像是『藥』、『毒品』、『昨晚吃了個妹子』、『爽』……等等，這樣會比一封信一封信慢慢看要快上很多；賴同學提供的那份名單裡的團員，他們各自的交友圈，我也不會放過，會一圈一圈往外找。」

「對了。」謝初恭點點頭。「妳可以增加一個身分比對的功能，看看阿芬同學的好友名單，跟賴同學提供的聯誼社團員名單，有沒有重疊的傢伙。」

「我正在寫這功能。」文孝晴笑了笑說：「你終於有點偵探的樣子了。」

「喂，別把我講得好像很沒用一樣。」謝初恭哼了哼，說：「你都不知道前陣子我為了拍下王貴婦的通姦證據，花了多大工夫，我飛簷走壁、上山下海，○○七詹姆士龐德也不過如此，我跟他的差別，就是他開超高科技跑車，我開國產老爺車。」

「如果你是詹姆士龐德，應該幾小時就找到狗狗了吧。」文孝晴笑著指了指謝初恭為了提醒自己，懸在後視鏡上那一吋大小的狗狗照片。

照片上的狗狗，是隻黃色土狗，兩隻耳朵一垂一豎，歪著腦袋面對鏡頭淌著舌頭。

文孝晴見謝初恭瞥了兩眼照片，就不再答腔接話，便說：「幹嘛，你不開心了？好吧，對不起，以後我不拿狗狗調侃你了。」

「沒有啊。」謝初恭苦笑了笑。「我也不知道為什麼這隻狗狗這麼難找，比王貴婦的案子，甚至比我們的通靈案子都還難辦……」

「慢慢來吧。」文孝晴本來想說這情形再正常不過，倘若狗狗已經不在了，就算詹姆士龐德跑來幫他一起找，也找不到——但她知道謝初恭不至於笨到沒考慮到這一點，他對這狗狗這麼執著，或許有些私人理由，便也不繼續在這話題上糾纏。

「前面那條巷子就是了。」文孝晴伸手指著前方不遠處一處停車格。「剛好那邊有個停車位。」

「好。」謝初恭駕著車停入小巷外的停車格。

兩人下了車，走入小巷，來到一處公寓前，比對手機地址，按下對講機電鈴。

「喂？」對講機響起應答聲。

「您好，我們是通靈事務社。」

「請進。」應答聲聽來有些緊張。

公寓大門喀嚓一聲開啟，兩人走入公寓，循著樓梯往上，謝初恭走在前頭，文孝晴跟在後面，她才剛踏上階梯轉折處，瞧著二樓公寓鐵門，便揚手彈了記響指。

謝初恭哦地回頭，低聲說：「這案子有搞頭？」他最近留意到文孝晴諮詢或是出訪時，一旦察覺到確有鬼氣，便會習慣地彈記響指。

「不知道。」文孝晴聳聳肩，說：「說不定我感應到了別家的東西，和這次委託人的案子有沒有關，等等看過才知道。」

「嗯。」謝初恭點點頭，來到二樓門前，委託人夫妻已經開門相迎，領著兩人進屋。

□

客廳裡，年輕夫妻述說著自從搬進這個家之後，兩個孩子漸漸出現的古怪行徑。

年輕夫妻年紀都不到三十，兩個孩子哥哥五歲、弟弟三歲，不久之前他們才購入這戶住宅，但前幾天兩兄弟不知怎地，情緒和脾氣都像是中邪般古怪，用家中的衛生紙、手帕和橡皮筋，綁出一個又一個晴天娃娃掛在房裡。

本來年輕夫妻以為只是孩子看了電視之後有樣學樣，但很快地，夫妻倆覺得情況開始有些失控，首先是兩個孩子造出的晴天娃娃數量越來越誇張，一個雨夜，兩兄弟窩在房裡，能用盡十數包抽取式衛生紙，造出數百個晴天娃娃，橡皮筋用完了，就將衛生紙搓成細繩綁紮；夫妻倆禁止兩兄弟用衛生紙造娃娃，他們就用剪刀剪破衣物毛巾當材料做娃娃。

前兩天，爸爸氣急敗壞地拿著垃圾袋，將大堆娃娃裝袋要扔掉，兩兄弟竟張牙舞爪地抱上爸爸的大腿，張口啃咬爸爸的手跟腳，像是母貓救小貓般地搶救他倆熬夜造出的娃娃。

更令夫妻倆感到恐懼的，不只是兩兄弟的反應。

而是那些被他們裝入袋中的晴天娃娃，一聽到兩兄弟的哭聲，竟隱隱約約地發出哭聲應和，一個個娃娃臉上用奇異筆點上的雙眼，甚至淌出了血紅色的液體。當時爸爸驚駭地責問兩兄弟究竟做了什麼，娃娃怎麼會流血？兩兄弟也不理睬爸爸的質問，一個嚎啕大哭，一個呆滯不語。

年輕媽媽拿出手機，給文孝晴看她驚恐拍下的淌血娃娃。

年輕爸爸則是捲起褲管、提高袖子，讓文孝晴看當天和孩子搶奪娃娃時，手腳被兩兄弟咬出的齒痕。

謝初恭看得目瞪口呆，文孝晴則若有所思，站起身來東張西望，目光停在一扇門前，然後轉頭望向年輕夫妻，說：「小朋友現在在家嗎？」

「在。」「那就是他們的房間。」年輕夫妻立時起身帶路，媽媽來到門前敲了敲門。「小樹、小竹，有位姊姊想看看你們、陪你們聊聊天，好不好？」

房裡沒有回應。

媽媽打開門，哥哥小樹伏在書桌前，捏著筆畫畫；弟弟小竹坐在床邊，手上還抓著兩個手工晴天娃娃搖來晃去，腳邊也堆著幾個晴天娃娃，像是在玩家家酒般。

文孝晴二話不說走進房中，扠手抱胸四處打量整間房，還來到哥哥小樹身後，瞧了瞧他壓在手下的筆記本。

上頭畫的也是晴天娃娃。

年輕爸媽站在門外，爸爸苦笑說：「弟弟那幾個娃娃，是他倆一開始做的，我們怕他們太激動，留給他們玩……不知道是不是那幾個娃娃有問題。」

「嗯，這幾個娃娃沒問題。」文孝晴隨口應答，繼續在整間房裡東瞧西瞧，像是在尋找什麼。

門外的謝初恭和夫妻倆見文孝晴不說話、只是看，便也不敢打擾她，足足過了十分鐘，謝初恭這才跟進房，來到文孝晴身後，低聲說：「妳在找什麼？」

「找到了。」文孝晴沒有理會謝初恭，只是將目光停在哥哥小樹那單人床上。

她走向單人床。

弟弟小竹著急地扔下手中的晴天娃娃，站起身來。

哥哥小樹也同時站起身，怒瞪著文孝晴，彷彿將手中鉛筆當成刀子般微微舉起。

「小樹！」「你們要做什麼！」年輕夫妻見兩兄弟像是又要發作，立時搶進房裡，爸爸攔著小樹，媽媽按著小竹，不讓他們輕舉妄動。

「沒關係。」文孝晴這麼喊，說：「別擋著他們，麻煩兩位，退出房間，在外面看就行了。」

「什麼？」年輕夫妻面面相覷，手不敢從兩兄弟身上放開，就怕他倆失控亂來。

「放心。」文孝晴笑著對年輕夫妻說：「他們不會有事，我也不會有事，你們先出房吧。」她這麼說完，轉頭望著謝初恭，說：「社長，你也出去。」

「什麼？」謝初恭微微一愣，問：「妳……確定沒問題。」

「沒問題。」文孝晴點點頭，笑容裡微微顯露出不耐。

謝初恭知道文孝晴耐性有限，連忙安撫年輕夫妻，要他們出房，說：「我們談判專家阿晴本領很大，不會有事的……」

年輕夫妻這才遲疑地退出房，只見文孝晴伸手拉起床墊一角。

底下也壓著個晴天娃娃。

兩兄弟一齊尖叫，小樹高舉鉛筆，小竹咧開嘴巴，雙雙撲向文孝晴。

文孝晴拾起娃娃，稍稍施力一捏，望著撲向她的兩兄弟。

小樹停下腳步，神情呆愣愣地望著文孝晴；小竹抱上文孝晴的大腿，臉都貼上腿了，卻露出不明白自己為什麼要抱陌生姊姊大腿的神情，呆愣愣地仰頭望著文孝晴。

文孝晴微笑摸摸小竹和小樹的頭，盯著小樹臉上那塊淡淡的掌印沉默半晌，才捏著娃娃往門外走。

兩兄弟一站一坐，望著文孝晴的背影，像是不知道發生什麼事般。

門外兩夫妻和謝初恭看得目瞪口呆，一見文孝晴走出房，這才連聲驚問：「他們為什麼……」「這娃娃哪來的？」「東西就在這娃娃裡面？」

「停。」文孝晴舉手示意三人先別說話，說：「你們別發問，因為那樣溝通會很沒效率，直接聽我講，好不好？」

「好……」謝初恭和兩夫妻一齊點點頭。

「是這樣子的。」文孝晴向三人展示手中那個娃娃，說：「問題就出在這個娃娃身上——這娃娃身子裡有個小孩，年紀……就跟你們家哥哥差不多。」

「唔！」年輕夫妻和謝初恭聽文孝晴這麼說，瞧著她捏在手中的晴天娃娃，都不約而同地往後站開些許。

這晴天娃娃用布紮成，頸際繫著一圈髒兮兮的棉線圈。被床墊壓扁的腦袋上，五官筆畫痕跡模糊得幾乎看不清。

文孝晴轉身，提著那晴天娃娃頸上的棉線圈，微微晃動娃娃，向房內兩兄弟問：「這娃娃是你們做的嗎？」

「……」兩兄弟搖搖頭。

文孝晴又說：「那這個娃娃，姊姊就帶回家研究囉。」

「不行……」小竹淚眼汪汪地看著哥哥小樹，小樹張開口，卻欲言又止。

「你們捨不得這個娃娃？」文孝晴問：「你們跟裡頭的小朋友很熟嗎？你們知道他叫什麼名字？」

「他叫倫……」小竹正想說話，卻被哥哥用手肘頂了一下，連忙閉嘴搖頭。

「幹嘛？」文孝晴見兩兄弟反應古怪，咦了一聲，將晴天娃娃提在眼前，輕聲問：「小朋友，你威脅他們不能跟別人提起你？」

「沒關係……這娃娃就讓你們帶走吧。」年輕夫妻倆這麼對謝初恭和文孝晴說：「這本來就不是我們家的東西。」

年輕媽媽略顯埋怨地對丈夫說：「那娃娃看起來不像是我們小樹小竹做的，該不會是前屋主留下的吧？那娃娃裡頭，說不定是那個……唉，早就叫你不要買這間房子，你就不聽……」

謝初恭問：「這房子發生過什麼事？」

「這間房子……」年輕爸爸無奈說：「附近鄰居說前屋主的孩子，在這間房子裡過世，好像是意外……」

「什麼意外！」年輕媽媽說：「鄰居明明說是自殺！」

「那小孩才幾歲，怎麼懂自殺？」年輕爸爸皺眉說：「妳不要亂講……」

「你們別急。」文孝晴笑著說：「我帶他回去之後，陪他聊聊，就知道是自殺還是意外了；你們不用擔心，應該已經沒事了。」

「這樣就好了？」年輕夫妻聽文孝晴這麼說，不由得有些驚喜，感激地說：「我們本來還以為要辦些法事……」

「法事？我不懂那個。」文孝晴揚了揚手上那個晴天娃娃，說：「我帶走這娃娃之後，你們家就沒事了。兩位小朋友之前的舉動，確實是受到這娃娃影響，鬼能影響人的想法跟情緒，甚至能讓人出現幻覺。不過我剛剛看兩個小朋友受到的影響其實不太大，就像是作了場夢一樣。我猜娃娃並沒有傷害他們的企圖，可能只是每晚玩著玩著，玩過頭了，畢竟娃娃裡頭的孩子年齡也小，我看他……」文孝晴說到這裡，托高手中那個晴天娃娃，湊近細瞧，喃喃說：「應該是個苦命的孩子……」

「姊姊——」小竹哭著從房間裡奔出，嚷嚷叫著奔向文孝晴。「拜託妳不要帶走倫倫哥哥！他是保護我們……」

「你做什麼！」年輕媽媽揪住小竹的胳臂，將他大力扯回身邊，不讓他接近文孝晴。

「……」文孝晴望著一把鼻涕一把眼淚的小竹，又瞧了瞧站在房門邊顫抖流淚的哥哥小樹。

瞧著小樹臉上那淡淡掌印。

又瞧瞧年輕媽媽的手。

再瞧瞧年輕爸爸的手。

最後，她望回手中那個晴天娃娃，靜靜望著娃娃那幾乎看不清筆跡的一雙眼睛。

「阿晴，所以我們現在可以收工了嗎？」謝初恭這麼說。

「啊？喔……對……今天事情都做完了。」文孝晴心不在焉地回答，雙眼依舊沒有離開手上晴天娃娃那髒髒扁扁的腦袋。

「兩位，今天我們的工作就告一段落。」謝初恭呼了口氣，堆著笑臉向年輕夫妻報了個價。「這是本社普通居家除靈的價格，通常我們到府諮詢，會酌收八百諮詢費，但是確認案件確實有靈異要素時，會不收諮詢費，所以費用一共是……」

年輕夫妻哇了聲，直呼本來以為要辦大型法事，流程曠日廢時，花費可能高達十幾萬甚至更多，但謝初恭開出的價碼，可比他們想像中便宜太多。

「社長！」文孝晴突然高聲說：「今天只是到府諮詢，你收諮詢費就好了，之後再從尾款扣就行了。」

「什麼？」謝初恭愕然說：「今天只是諮詢？妳不是都把娃娃帶走了。」

「是啊。」文孝晴這麼說：「但我接下來要和這娃娃談判，若娃娃裡頭的小孩不接受我的勸說，執意要回來找兩位弟弟玩，那我們還有得忙了。」

「什麼啊……」年輕媽媽聽文孝晴這麼說，翻了個白眼，瞪了身旁老公一眼，露出一副「看吧，怎麼可能這麼便宜了事」的神情；年輕爸爸只是乾笑兩聲，望著謝初恭說：「嗯，你剛剛說你們諮詢費多少？」

「八百……」謝初恭察覺到氣氛有些僵凝，堆著笑臉說：「二位請放心，本社首席談判專家是高手中的高手，把一堆鬼哄得服服貼貼，她只是做事謹慎而已，我剛剛說的價碼不會變動……」

「辛苦了。」年輕媽媽取來錢包，掏出八百遞給謝初恭，送兩人離去。

年輕爸爸和年輕媽媽，站在客廳中，與小樹、小竹兩兄弟大眼瞪小眼半晌，像是對兩兄弟先前的凶狠模樣還心有餘悸。好半晌，媽媽才輕聲說：「你們……肚子餓了嗎？」

小樹、小竹低頭呆愣，像是不知道該不該回答。

「媽媽問你們想吃什麼？」爸爸咧嘴笑著，在小樹、小竹面前蹲下，說：「我們叫披薩好不好？」

「披薩……」小竹望了哥哥小樹一眼，嚥了一口口水，點點頭。

「好，爸爸現在就來訂披薩。」年輕爸爸望了妻子一眼，起身拿起電話，點開餐點外送 APP，湊近小兄弟面前，微笑輕聲問：「想吃哪種披薩……」

□

文孝晴上了車，隨手將椅背放倒，雙手捧著晴天娃娃擺在胸腹間，閉起眼睛像是準備睡覺。

「妳這麼累？」謝初恭上車，瞥了身旁文孝晴一眼。「還是妳現在就要跟這娃娃溝通？」

「社長，換輛車吧。」文孝晴睜開眼睛，斜斜睨視謝初恭。「這台老車好難睡喔……」

「……」謝初恭嘖嘖了幾聲，說：「妳以為我不想開好車？等我們多接幾筆案子，或是賺票大的——例如賣掉黃老仙那間房子，就能買好車了。」

「算了。」文孝晴點開手機，查找起地圖，說：「我想在附近找間旅館。」

「什麼？」謝初恭呆了呆，不解問：「有這麼急嗎？不能回家睡？妳想問娃娃什麼？」

「公司離這裡太遠，剛剛開來花了多久時間？應該超過一個小時吧。」文孝晴說：「從剛剛開始，小朋友就一副有話想說的樣子，但他好像不太會說話，我想直接進他心裡，看看究竟發生了什麼事。」她這麼說時，還拎著晴天娃娃，在謝初恭耳邊晃動。「你聽，是不是很急的樣子……」

「好好好！我知道很急，把娃娃拿開！」謝初恭感到文孝晴拎在他耳旁的晴天娃娃透著一股悲戚陰冷的氣息，甚至隱約發出孩童哭聲，起了一身雞皮疙瘩，嚷嚷說：「妳查查附近哪邊有旅館，告訴我地址……」

「就這間好了。」文孝晴望著手機地圖，報了個地址。

□

旅館櫃台前，謝初恭臭著臉付了錢，進電梯時，這才低聲對文孝晴說：「妳幹嘛說要住宿？怎麼不休息就好？」

「我想說難得嘛……」文孝晴聳聳肩，說：「你不想住宿，剛剛在櫃台時怎麼不說？」

「嘖……」謝初恭哼哼說：「男人帶女人上旅館還討價還價，討論住宿不如休息，會很丟臉耶。」

「對呀。」文孝晴笑著說：「你知道就好。」

「喂！」謝初恭瞪大眼睛。「我們又不是來……那個的！我們是來工作耶。」

「對呀。」文孝晴理所當然地說：「就是因為工作，我才選住宿啊。」

「啊？」謝初恭好奇問：「為什麼？妳要在這裡待一晚上。」

「看情況。」文孝晴點點頭。

「可是……」謝初恭問：「那我呢？」

「你不一起住嗎？」文孝晴說：「你要自己回家過夜？」

「不要。」謝初恭搖搖頭。文孝晴不在家時，阿芬的情緒有時會比較激動，會不由自主地現個身、流一臉血淚、哭吼幾聲什麼的。文孝晴說這是因為阿芬還沒學會控制心神和情緒，再過一段時間，她或許會沉穩些，就不那麼容易嚇著人了。

「算了，工作難免會碰到這種情況，我可以接受這種突發狀況。」謝初恭儘管臉上露出無可奈何的神情，但又微微有些竊喜，他靈活地將門卡在手指間花式彈動。

電梯門打開，兩人走過長廊，進了房間——這房間坪數頗大，裝潢新穎有趣、燈光魅惑迷人、獨立客廳裡吊著鞦韆造型的長椅、臥房區有張會轉動的圓床，一旁甚至擺了張情趣八爪椅。

「哇，哈哈！」謝初恭走到那八爪椅旁，拍了拍椅上扶手，笑著說：「妳很會選房間喔。」

「對呀。」文孝晴笑著伸了個懶腰，坐在圓床床沿，望著不遠處衛浴區那個大按摩浴缸，說：「平常都用淋浴，很難得有機會泡澡啊。」

「呃！」謝初恭像是發現什麼般，大步走去衛浴區，隔著一道矮欄，與圓床上的文孝晴對望，說：「這浴室沒隔起來耶。」他呵呵笑著說：「不過妳可以放心，我不會偷看，妳可以放心泡澡。」

「你不用特別聲明，我相信你的為人。」文孝晴提起晴天娃娃在面前晃了晃，不時拿著娃娃湊近嘴邊低語幾句。

「咳——」謝初恭像是感受到氣氛變得有些尷尬，便故作輕鬆地在四周晃了晃，晃到文孝晴身旁，說：「妳選的這間房，是給夫妻或情侶住的，哈哈哈！嗯，妳想什麼時候洗澡？現在天還沒黑，附近有個夜市，我們要不要去逛逛，順便買套換洗衣服。」

「可能沒空喔。」文孝晴站起身，笑著說：「你忘記我們是來工作的嗎？」

「啊？是啊！」謝初恭連忙說：「我們是來工作的沒錯，所以妳現在就要和娃娃談判？談完了再泡澡……還是？」

「都不是。」文孝晴微笑揚手向謝初恭勾了勾食指。「你頭低一點，靠過來一點。」

「靠過去？為什麼？」謝初恭呆了呆，不明白文孝晴要他頭低一點是什麼意思，但總覺得自己無法抗拒文孝晴這時的吩咐，便乖乖照做了。

「因為你也得幫忙。」文孝晴這麼說時，雙手提著晴天娃娃頸上那棉線圈，套過謝初恭的腦袋，將晴天娃娃掛上他的頸子。

謝初恭整個人登時呆滯，嘴巴微張，像是睜眼睡著了一般。

文孝晴攙著謝初恭的胳臂來到客廳區，讓他躺上鞦韆長椅，還塞了個抱枕讓他抱著，拍了拍他的臉，說：「別怕，我跟小朋友說好了，他不會傷害你，只會告訴你他的故事，你好好看，看完再跟我說。」

文孝晴說完，自個兒走進衛浴區往浴缸裡放水，褪去全身衣物，盯著浴缸裡的水線緩慢上升。

她嫌水放得慢，赤裸著身子走回客廳，從擺在鞦韆長椅旁的包包裡取出筆電，回到浴缸旁坐在浴缸邊緣，邊踢著水邊上網找資料，她像是早已想好要查的關鍵字，很快就查出她想知道的東西。

那是一起社會案件，距今兩、三年前，當時也算轟動。

未滿六歲孩童，獨自在家上吊自殺？

年僅五歲半的幼童，清晨被附近居民發現吊在自家窗邊，里長和員警破門救人時，孩童已無生命跡象。

孩童母親疑精神失常，持刀阻止里長和員警救下孩童，後遭強制送醫。

社工指控孩童母親有虐童紀錄。

警方深入調查孩童母親有無動手行凶事實。

文孝晴快速看過一則則新聞標題和內文重點，身子微微發顫。

她闔上電腦放在一旁，起身進淋浴間洗淨身子，這才坐入浴缸泡澡，望著水面按摩水流激盪出的綿密泡泡發呆。

她輕撫著胸口上一枚疤痕。

那些疤痕圓圓小小，約莫一元銅板大小。

她閉著眼睛，指尖撫過身上數處疤痕，像是數著星星一般。

一、二、三、四、五、六、七……

胸、腹、腰、臀、腿，一共十一枚疤痕。

那是被香菸燙出來的疤。

那是發生在她很小的時候，當時她生母的同居人閒來無事就會把她叫到面前，命她立正站好，問她為什麼老是亂說話。

她說她沒有亂說話，說叔叔身後真的跟著一些陌生人，母親的同居人聽她那麼說，就會賞她巴掌，逼她承認自己是說謊。

她摀著臉，說自己沒有說謊，說那些陌生人正瞪著叔叔。

叔叔每每聽她這麼說，就變得更生氣，若那時他手上有菸，就要燙她，文孝晴則會尖叫要母親救她。

那時母親總會出聲阻止叔叔燙她的臉和手腳，說被鄰居看見會說閒話。

叔叔聽了，便令她掀起衣服接受說謊的處罰，她尖叫說自己沒有說謊，奮力抵抗掀她衣服燙她肚子的叔叔。

但她的力氣遠遠不如叔叔，老是被壓在地上，在她身上燙出一枚枚可怕的焦疤。

母親會在她叫啞嗓子之前，終於起身阻止叔叔繼續對她施暴，然後拉她進廁所，幫她擦藥，問她為什麼改不掉那習慣。

她哭著說叔叔身旁那些人看起來很可憐，說她們是來向叔叔討債的。

母親會賞她一巴掌，要她安靜閉嘴。

偶爾，母親也會捲起袖子，向她展示胳臂上那密密麻麻的焦疤，對她說自己以前也曾看得見那些東西，但外婆說那樣會嫁不出去。所以後來每次母親說那些東西又出現時，外婆就會一邊唸咒一邊捏著點燃的線香，燙母親的胳臂，喝令四方妖魔鬼怪，永遠別再來騷擾乖女兒了。

外婆過世後，母親繼續按照外婆的教誨，拿線香燙自己的胳臂。

母親這樣的習慣，持續了好一段時間才停止。

她問母親那後來還看得見嗎？

母親沒有直接回答，說只要她當自己看不見，那就是看不見了。

她試著依照母親的話做了，平時就算看見了也當作沒看見。但她儘管能閉住自己的嘴巴，卻無法克制自己的眼神，她仍不時用看待受虐小狗的神情，偷瞧跟在叔叔身後的那些「人」。

即便不說話，只是看，依舊會激怒叔叔，三不五時賞她巴掌、恐嚇要將她的眼珠子挖出來，再在母親的默許下，往她身上增添些新的傷疤。

直到某次她再次被母親的同居人壓在地上掀衣服時，驚見叔叔不但扯下她的衣服，連他自個兒的褲子都脫下一半，正當她困惑不解時，母親憤怒地握著尖刀抵著同居人的後背，說他越線了，說自己只同意他幫忙教文孝晴「管好眼睛嘴巴」，可沒答應讓他對女兒做這種事。

叔叔暴怒地和母親扭打起來，最終，母親倒在血泊之中，腹部插著刀，叫文孝晴快逃。

文孝晴本來應當逃不掉的，但叔叔發狂地追上她時，一個老是跟在他背後的陌生女人，伸腳絆了叔叔一下，將叔叔絆得撲倒在地，撞斷兩枚牙齒。

文孝晴這才得以逃出家門，奮力驅動她那雙小小的腳，在大街上狂奔、尖叫，直到被一名巡邏員警將她攔下抱起。

她大力拍打那員警肩膀，說媽媽的男朋友拿刀刺媽媽肚子。

那員警一面請求同仁支援，一面隨著文孝晴返家，俐落地制服了母親的同居人。

後來那員警，變成了文孝晴的養父。

□

文孝晴泡得夠了，起身裹上浴巾，走到客廳拿起手機，按開能夠與伶伶直接溝通的專屬APP，對著螢幕上的伶伶說：「剛剛我交代的事情辦得怎麼樣了？」

「很順利。」伶伶不像阿芬和晴天娃娃裡的孩子那般不擅言語，她說起話來可溜得很，隔著螢幕視訊說話，乍看之下就和活人一樣。「兩支手機都在錄音。」

「很好，辛苦妳了。」文孝晴滿意地點點頭，掛上電話，來到鞦韆長椅前，抱膝坐在地板上，伸手摸摸掛在謝初恭胸前的那個晴天娃娃。

謝初恭嘴巴仍微微張著，口水染濕了半邊臉，兩隻眼睛古怪地向上翻著，身子不時顫抖。

本來這工作該由她來進行，但她總覺得會見到一些令她不舒服的情景、令她想起更多不願回憶的往事，所以只好把這重責大任交給社長來幹了。

「抱歉啊，社長，你替我工作，我替你逛夜市，這樣算扯平囉。」她摘下裹身浴巾，折成方形，墊在謝初恭沾滿口水的臉下，這才穿回衣服，拿著房卡出門逛夜市了。

□

起初只是有如收訊不良的老電視畫面，嘶嘶沙沙地閃爍在謝初恭眼前。一幕幕畫面，都是同一個凶惡女人的臉部特寫。

女人猙獰嘶吼地瞪著「鏡頭」，高舉著手裡不停變化著的傢伙——藤條、皮帶、衣架、長尺或是掃把柄，狠狠地往「鏡頭」方向抽打而來。

即便畫面看來默然無聲，謝初恭都能想像出那女人嘶吼當下的音量，和藤條鞭過空氣時、打在皮肉上產生的可怕響聲。

跟著，畫面愈漸清晰真實，且從第一人稱視角，切換成第三人稱視角。

那是一戶人家。

餐桌前坐著一個女人，臥房角落坐著一個小男孩。

謝初恭猜測他們應當是母子。

媽媽的精神狀況顯然不太好，應該說極度不好，她兩眼布滿血絲，周圍是濃濃的黑眼圈，臉上的神情像是憤怒憎恨到了極點，雙手不停捏打著自己的大腿和膝蓋。

臥房的單人床上，小男孩穿著一條內褲，手上腿上、前胸後背，是各式各樣的鞭痕和瘀青。

他盤坐在床上，努力用身邊幾片破布紮成晴天娃娃，不時望向窗外陰鬱的天空。他的動作越來越快，總算完成四個晴天娃娃。

他捧著娃娃下床來到窗邊，將四個晴天娃娃往窗邊掛，窗邊和整個房間，掛著滿滿的晴天娃娃。

轟隆一聲，濃密雲團裡落雷閃現，嚇得小男孩身子一顫，差點摔倒。

「不要下雨、不要下雨……」小男孩抱著其中一個晴天娃娃，蜷縮上床，喃喃祈禱。「求求老天爺，不要下雨……」

門外響起一陣腳步聲。

小男孩驚恐得屏住了呼吸。

叩叩叩幾聲敲門，小男孩連忙下床開門。

兩眼通紅的媽媽站在門外，說：「我叫你出來掃地，你耳聾了？」

「我……我沒聽見！」小男孩驚恐地要出門掃地，卻被媽媽一把拉住，指著他房中那些晴天娃娃，在他耳邊暴怒大吼：「我叫你不要做這些東西，你為什麼不聽？做這些東西有什麼用？」

「哇……」小男孩驚恐哭叫。「電視說只要在窗戶掛晴天娃娃，就不會下雨，媽媽的腳就不會痛……」

「放屁！放屁！」媽媽暴怒地將小男孩甩倒在地上，咆哮尖叫：「一點用也沒有！根本一點用也沒有——」她一面尖吼，隨手從門邊抄起藤條，往小男孩身上抽。

「哇！」小男孩在地上抱頭擋著藤條，哪兒被抽著就擋哪兒，但藤條抽在他小小的手上，比抽上身子更痛，他擋也不是，不擋也不是，不管是手上還是身上的疼痛，都不是這個年紀的他能夠承受得了的疼痛。

所以他很快痛得尿濕了褲子。

「你又尿褲子啦！」媽媽踩著小男孩露出的尿、聞著尿騷氣味，更加憤怒，狠狠地又抽打小男孩幾下，這才轉進廁所洗腳，沿途咆哮不斷。

小男孩蜷縮在自己的尿中，聽見媽媽在廁所裡暴吼要他把自己的尿清乾淨，立時像是驚恐的士兵聽見長官號令般掙扎起身，跑去廚房拿拖把回房拖地……

□

夜市，小吃攤前，文孝晴喝著奶茶，等著鹽酥雞，一面看著當年案件的後續報導。

那名上吊孩童的母親，被送進安養院後，接受了一段時間的治療，期間接受了警方調查，也接受了幾次媒體訪談。

她說自己有時會莫名其妙地生氣，但不知道自己為什麼會那麼生氣，只知道生氣的程度非常嚴重，是能將整間房子拆毀的那種嚴重。

她丈夫因此離開她了。

她每次見到倫倫，就會想起離家丈夫，就會更生氣，但她總是盡量忍耐；但若碰上了陰雨天，她的情緒會更糟糕，她患有風濕性關節炎的雙腿會令她疼痛難耐，她會想起那天丈夫打了她一巴掌之後，頭也不回地扔下她和還不會說話的倫倫，消失在大雨中。

小小年紀的倫倫，在承受過媽媽無數次的怒氣宣洩後，漸漸發覺到只要天空變陰了、下雨了，媽媽就會腳痛、就會生氣、就會大哭、就會罵人、就會打他。

他不想媽媽哭、不想媽媽腳痛、不想媽媽生氣。

更不想被媽媽打。

所以當他從某次電視裡聽說這世界上，竟然存在著晴天娃娃這種神奇的東西時，彷彿發現了人生的希望。

他試著模仿電視上的晴天娃娃，起初用衛生紙做，跟著用抹布、舊衣來做，他年紀雖小，但晴天娃娃其實也不難做，在造出十幾、二十個歪歪扭扭的娃娃之後，他也漸漸能做出腦袋飽滿渾圓的娃娃了。

他在窗上掛上一個又一個的娃娃，也不知道到底有沒有效，只覺得有時好像有效、有時又好像沒效。

但他只能繼續做下去。

畢竟這是不到六歲的他，唯一能夠做的事情。

□

謝初恭像縷幽魂般，茫然地站在客廳角落，望著吃著晚餐的母子倆。

媽媽一句話也沒說，默默扒著便當裡的飯，像瞪仇人般地瞪著電視機。

電視裡，播放著將來一週的天氣預告。

陰雨、陰雨、暴雨、陰雨、暴雨、暴雨、暴雨、暴雨。

倫倫低著頭扒飯，臉色極度蒼白，不時往電視瞥上幾眼，他害怕到了極點，接下來的天氣，會令這個家變得和地獄沒有分別。

畫面快速變化，到了深夜。

倫倫蜷縮在床上，安靜等待到深夜，悄悄起身，下床從書桌底部的小櫃裡，翻出一堆剪裁好的方布和棉線。

他摘下窗邊幾個歪歪扭扭的晴天娃娃，他覺得或許是自己造得不夠漂亮，效果才不好，他得在天氣預報說的那個什麼熱帶低氣壓正式上門前，造出威力更強大的晴天娃娃軍團。

謝初恭站在床邊，望著小小年紀的倫倫，花了數小時的時間，造出十餘個晴天娃娃，往窗邊掛上兩、三個，還盡量藏在窗簾後，其餘的娃娃，則分散藏進衣櫃裡、抽屜裡和枕頭下——因為大雨時媽媽若是看見他房中掛著一堆晴天娃娃，會更生氣。

他在衣櫃裡掛上晴天娃娃時，見到一疊衣服中還夾著薄被，靈機一動，拉出那薄被，裹上一個小枕頭，再用皮帶綁起來，不就成了一個超大型的晴天娃娃了嗎？

他像是發現重武器般，興奮地翻出更多衣服，用衣服包裹衣服，費力地製作超大型晴天娃娃，費力地往窗上掛。

隔天，大雨準時報到。

倫倫再次被媽媽打得淌了一褲子屎尿。

暴怒得彷如惡鬼般的媽媽，拿剪刀剪破了倫倫熬夜造出的幾個超大型晴天娃娃，揪著他的頭髮，將他的頭按在他撒在地板上的尿裡，怒剪他的頭髮，怒罵他到底為什麼在家裡掛一堆鬼東西，怒罵他怎麼不往自己頭上包塊布，把自己也掛起來。

在巨大的驚恐、巨大的痛苦下，倫倫腦袋裡只想著一件事。

用衣服、薄被造出來的晴天娃娃，大是夠大了，但還是不夠有效。

媽媽的怒吼彷彿一道聖旨，那是在他能力範圍內的最後一絲希望。

自己當晴天娃娃，說不定會有效。

「小弟弟你……要做什麼？」

謝初恭顫抖地望著兩天後的倫倫，趁夜自床上爬起，用床單裹上自己的頭，再用童軍繩紮住頸子，捏住繫著童軍繩另一端的金屬掛鉤，搖搖晃晃地爬上書桌、踩上窗框、試著將金屬掛鉤，往分隔氣窗和大窗間的鋁框上掛。

倫倫也搞不清楚自己究竟在做什麼，但他知道，到了明天，氣象預告裡的暴雨就要降臨了。

對倫倫而言，即將降臨的，不只是暴雨，更是魔鬼。

他除了這樣做之外，已經沒有任何辦法了。

喀嚓一聲，被床單蒙著腦袋的他，終於將金屬掛鉤掛上了窗框正中央。

正當他思索著下一步該怎麼做，才能稱職地扮演晴天娃娃時，他踩著窗沿的腳一滑，整個人吊在了半空中。

但下一刻，他另一腳又重新踩回窗沿。

他顫抖地抓著窗框，雖然有些害怕，但似乎發現了扮演晴天娃娃的正確辦法。

每一個晴天娃娃，都是這樣掛著的。

剛剛掛了一秒，確實有些不舒服，但和明天暴雨下的媽媽相比，這樣的不舒服，應該還在忍受範圍裡。

然後，他放開雙手，主動讓雙腳離開窗沿。

他的身子垂吊在窗框中央。

這種窗子，當上方氣窗和下方大窗都閉合時，若只看橫框和豎框，彷如一只十字架。

倫倫的身子，便這麼吊在「十字架」窗框上，扮演著晴天娃娃。由於脖子被緊緊勒著，他無法發出一絲聲音，僅能默默祈禱太陽出來。

沒過多久，倫倫就像是房中其他晴天娃娃一樣，不會動了。

謝初恭愣愣地來到倫倫身後，顫抖著伸手湊近動也不動的倫倫，像是想確認些什麼——

他的手穿過了倫倫的身子。

這個地方，是文孝晴的奇異能力疊加上倫倫的枉死魂魄，在他腦袋裡交織生成的虛擬幻境。

「阿晴、阿晴！」謝初恭直到此時，才如同大夢初醒，恢復了平時的思考能力，但仍無法從這個悲慘幻境裡醒來，他轉身嚷嚷大叫：「是不是妳搞的鬼？妳這樣有點過分囉！快讓我出去，阿晴……」他叫嚷幾聲，驚覺四周景象飛快變化，就像是按下了快轉鍵般。

倫倫的身體不見了，掛在窗上的晴天娃娃也不見了。

房中的床櫃書桌、玩具雜物，一樣一樣消失了。

新的家具堆進房中，原本的單人床換成了上下鋪的床，睡著兩個小男孩，一個和倫倫差不多大，一個小了幾歲。

是小樹和小竹。

下一刻，深夜變成了傍晚，熄燈暗室變成了亮著燈的房間；睡在床上的小兄弟倆，變成並肩跪在地板上。

站在他們面前的，是那年輕爸爸。

年輕爸爸板著臉訓話，不時搧手拍打小樹的腦袋兩下，拽拽小竹的頭髮。

「我說過幾次，去爺爺家時，不要叫我叔叔，要叫我爸爸。」年輕爸爸在兩兄弟面前蹲下，輪流捏著兩兄弟的臉，說：「這樣爺爺才會覺得我們家和樂融融，才會放心把你們交給我照顧，才會把本來留給你們爸爸的那筆錢給我，我如果沒那筆錢，怎麼養得起你們兩兄弟啊？到時候你們就要搬回姑姑家住了，你們想回姑姑家嗎？」

「不想……」兩兄弟含淚搖頭，他們是真心不想。

姑姑和姑丈都凶，都比眼前這位「爸爸」更凶，且姑姑家三個孩子最喜歡欺負他們，還會逼他們吃蟲，和揪頭髮、擰耳朵、罰跪、賞耳光什麼的比起來，吃蟲可怕多了，而且就算吃了，最後還是要挨打。挨了表哥們打之後，還要挨姑姑打。

相較之下，他們寧願和「爸爸」待在一起。

「嗯，不想就好。」年輕爸爸聽見了滿意的答案之後，轉身離去。

小樹、小竹這才緩緩起身，抹著眼淚、吸著鼻子，兩人來到窗邊，開窗吹吹風。

「哥哥……爺爺什麼時候才來接我們回家？」小竹像是怕被客廳的「爸爸」聽見般，壓低聲音問：「為什麼我們不能跟爺爺住？」

「因為奶奶生病了，不會動、不會說話……」小樹抹著眼淚回答：「爺爺要專心照顧奶奶，沒力氣照顧我們了……」

「那……我們爸爸呢？我們沒有自己的爸爸、媽媽嗎？」

「有啊。」

「他們在哪裡？」

「他們在天上。」

「天上？」

「嗯。」小樹說：「爺爺說在我還很小的時候、你剛出生，爸爸、媽媽就到天上了。」

「天上是哪裡？」

「不曉得。」

「他們不會來看我們嗎？」

「好像不會……」

「是喔……」小竹茫然望著窗外天空，才三歲的他，對很多事還無法理解，只隱隱記得半年前奶奶在家跌了一跤，住進醫院。姑姑和叔叔都來探望奶奶，然後自己和哥哥就被姑姑接回家裡，被三個表哥欺負了幾個月，有次和小樹聯手成功打贏表哥，把表哥的腦袋砸破了，被姑姑狠狠修理了一頓之後，兩兄弟就被送到叔叔家了。

最初兩週，叔叔和嬸嬸待他們不錯，但叔叔開始要求他們背些台詞，要他們去探望爺爺時向爺爺講，可是他們老是背不好，什麼兩兄弟的升學基金、什麼爸爸那份遺產、老家土地持份……似乎都是叔叔這幾年向爺爺討不到的東西，叔叔要他們兩兄弟也幫忙哄哄爺爺。

但每當小樹、小竹瞧見叔叔打來的暗號，開始彆腳地背誦台詞時，爺爺都會垮下臉，要他們別說了，然後指著叔叔大罵，說幫他購屋的頭期款，就是從小樹、小竹爸爸的身後錢裡拿出來的，要叔叔找份正經工作，好好照顧小樹、小竹兩兄弟，別成天動歪腦筋。

然後當天回家，兩兄弟就免不了罰跪挨罵大半天，且要吃光加了辣椒的麵或飯——這是嬸嬸想出來的懲罰方式，這樣才不會在身體上留下傷痕，在探望爺爺時被爺爺發現。

一陣風吹過兩人臉龐，兩人同時聽見一陣啪答聲，他們同時抬頭，只見窗外鐵窗頂部，懸著一個破破爛爛的晴天娃娃。

那是以前倫倫為了不讓媽媽瞧見娃娃生氣，所以鑽出窗，掛在鐵窗頂部欄杆上的晴天娃娃。由於位置隱蔽，所以一直沒被發現。

一陣風吹來，晴天娃娃上的棉線繩結湊巧斷了，娃娃落了下來，落在鐵窗上的空花盆裡。

小樹從花盆裡拾起晴天娃娃，像是聽見什麼聲音般地拿近耳邊細聽。聽了半晌，噗哧一聲笑了。然後小樹將晴天娃娃遞給小竹，讓小竹也聽聽娃娃說話。小竹聽了半晌，也笑了。

從那晚之後，兩兄弟便多了個朋友。

謝初恭看著快轉的每一天，看著倫倫和兩兄弟越混越熟，彷如三隻同病相憐的流浪幼犬般相依取暖。

起初幾天沒發生什麼事，兩兄弟只是開始拿家中衛生紙做晴天娃娃掛在房間裡，那時叔叔、嬸嬸對他們這舉動也沒太大意見，就當是便宜玩具，但漸漸地，他們的晴天娃娃越做越多，消耗的衛生紙量也逐漸不正常。

嬸嬸終於忍無可忍，推開房門，喝令兩兄弟別再浪費衛生紙做娃娃了。她見兩兄弟面無表情地望著自己，對自己的命令全無反應，氣得大罵，伸手將房中的晴天娃娃扯爛大半，令兩兄弟收拾乾淨。

小樹、小竹依舊不理她，還微微露出不悅的神情，陰惻惻地瞪著嬸嬸。

嬸嬸氣得喊來叔叔告狀，叔叔提著大塑膠袋，將晴天娃娃全裝進袋裡，見小樹沉著臉站在他面前，伸手就去推他腦袋，卻被小樹張口狠咬住手。

叔叔驚駭之餘，一巴掌重重摑在小樹臉上，將小樹摑倒在地，但下一刻，小樹像是電影裡的喪屍一般，用不自然的姿勢倏地蹦起，朝著叔叔和嬸嬸齜牙咧嘴地威嚇，一旁的小竹也露出同樣的凶容，喉間發出獸吼。

叔叔和嬸嬸被兩人的凶樣嚇得退出房間，在門外商量了一會兒，認為兩兄弟是在裝神弄鬼，做好了心理準備之後，再次進房鎮壓，不但被兩兄弟撲來亂咬一陣，還見到袋裡的晴天娃娃口鼻一齊淌血，嚇得落荒而逃。

接連兩日，兩夫妻有時試著和顏悅色地安撫兩兄弟，兩兄弟也不會主動攻擊，但只要他們試著碰兩兄弟做的晴天娃娃，兩兄弟就會暴跳如雷地怪叫咬人。

兩夫妻莫可奈何，找了幾家神壇師父上門，都拿小樹、小竹沒轍，最後從網路上找著了通靈事務社，和謝初恭約好時間登門諮詢。

□

謝初恭終於睜開眼睛，驚恐地自鞦韆長椅坐起，他動作太大，整個人從晃動的鞦韆長椅上翻摔下地，他狼狽掙扎起身，只見文孝晴提著一袋鹽酥雞，坐在廳桌對面，吃得津津有味。

「發……發生了什麼事？」謝初恭喘氣站起，胡亂摸找胸口：「妳對我做了什麼？妳把娃娃掛在我身上？」

「沒有啊。」文孝晴搖搖頭，指著自己胸口——那個晴天娃娃，此時掛在她胸前。「你是不是睡迷糊了？」

「啊？」謝初恭呆愣愣地望著文孝晴胸前那個晴天娃娃，喃喃問：「可是我明明記得……等等！妳鹽酥雞哪來的？」

「夜市買的。」文孝晴微笑說：「我泡好澡，看你還在睡，怕吵著你，所以自己出去逛逛，順便查了點資料，我知道娃娃裡的孩子是怎麼死的了。」

「倫倫！」謝初恭啊了一聲，嚷嚷叫：「娃娃裡的小孩叫倫倫，對吧？我知道，我剛剛夢見他了。」

「我知道。」文孝晴點點頭，拎起胸前娃娃晃了晃。「他和我說，他把他的故事都告訴你了。」

「什……什麼？」謝初恭驚愕地說：「果然是妳動的手腳，妳為什麼要整我？」

「你在說什麼？」文孝晴說：「關我什麼事，是倫倫有話想對你說。」

「跟我說幹嘛？」謝初恭哼哼地問：「我……我又幫不上忙！」

「誰說你幫不上忙，你剛剛不就幫了我大忙嗎？」文孝晴笑著說：「要是你完全幫不上忙，我幹嘛跟你合作？我有伶伶幫忙就好啦，伶伶很能幹的，可以替我分擔很多工作。」

「嘖……」謝初恭聽文孝晴又搬出同一套說詞壓他，儘管滿腹怨氣，卻也莫可奈何，氣呼呼地坐回鞦韆長椅，吃起文孝晴幫他買回來的那份鹽酥雞，說：「好，我幫了妳大忙，然後呢？接下來要怎麼做？」

「嗯。」文孝晴說：「我先說我上網查到的資料，你再說說你剛剛看見的故事，讓我比對看看有沒有遺漏的部分。首先，我查出娃娃裡的孩子叫作倫倫。倫倫是受虐兒，倫倫的媽媽有嚴重的精神問題，外加風濕性關節炎，每逢陰雨就會打倫倫，倫倫為了讓媽媽心情好點，開始學著做晴天娃娃……」

「結果……」謝初恭忍不住打岔。「他把自己做成晴天娃娃掛上窗……」

「對。」文孝晴繼續說：「倫倫死後，他媽被送去療養院，房子被親戚賣給了今天的委託人夫婦，結果委託人夫婦也有虐童習慣。本來安靜待在家中的倫倫，見到小兄弟受虐，想起悲傷回憶，才現身作祟。」

「對！我剛剛看見委託人夫妻也會虐待兩個小孩，他們不是兩個小孩的爸媽，是小孩的叔叔、嬸嬸……咦？妳怎麼也知道委託人夫妻虐童？妳也看過倫倫的回憶了？」謝初恭好奇地問。

「我猜的。」文孝晴淡淡笑著說：「不過我安排的眼線，剛剛說我猜對了，所以我們差不多要開工了。」她這麼說的時候，伸手捏去謝初恭手中尖叉上的米血吃下，轉身穿鞋準備出門。

「眼線？妳哪來的眼線？又是伶伶？妳說開工？這時間還要做什麼？」謝初恭連忙扔下尖叉，抓起外套和錢包、手機、車鑰匙，匆匆跟在文孝晴身後。「等等啊，先讓我上個廁所，我想尿尿……」

□

嬸嬸往小樹和小竹面前餐盤裡分別放進一塊披薩，柔聲說：「吃吧。」

「謝謝媽媽……」小樹和小竹恭敬鞠躬，拿起披薩往嘴裡送，卻被叔叔喊停。

叔叔笑咪咪地將一碟辣椒醬推向小兄弟，說：「沾點辣椒醬更好吃。」

小竹轉頭望了小樹一眼，小樹呆愣兩秒，拿著手中半塊披薩，在小碟裡輕輕點了一下，這才咬下。

小竹也有樣學樣地沾了極少量的辣椒醬，正準備要咬，卻被叔叔搶去披薩。

「太少了。」叔叔笑著拿著小竹那塊披薩，往小碟裡重重一抹，抹起半碟辣椒醬，塞回小竹手上，對他說：「這樣比較好吃，吃吧。」

「叔……爸爸，我怕辣……」小竹眉頭皺起，像是要哭，但手中那塊沾滿辣椒醬的披薩，被哥哥小樹拿去。

小樹將自己吃到一半的披薩換給弟弟，說：「我們交換……」跟著，小樹大口吃下沾滿辣椒醬的披薩。

「對，就像哥哥那樣。」叔叔這麼說，又將小竹手中的披薩奪去，抹去剩下的半碟辣椒醬，塞回小竹手裡。「乖乖吃乾淨。」

小樹又將小竹手上的披薩搶去吃。

吃得面紅耳赤，嗆咳不停，鼻涕、眼淚都淌了一臉。

「哥哥……」小竹見哥哥這副模樣，也嚇得哭了，對叔叔和嬸嬸說：「我們不敢吃辣……」

「要練習呀。」叔叔這麼說，又拿兩塊披薩，倒上滿滿辣椒醬，放進兩兄弟的小餐盤裡，指指整盒披薩。「今天要吃完才能睡覺……」

「老公……」嬸嬸搖搖叔叔，伸手指著小樹。「不對勁……那東西，是不是還沒走？」

叔叔望向小樹，只見小樹抓著半塊披薩，紅著眼睛瞪著自己，想起前兩天兩兄弟的凶樣，氣焰頓時滅了些，說：「幹嘛？你們忘記前兩天咬叔叔的事情了嗎？這是懲罰，做錯事就要接受懲罰，就算在爺爺家也一樣……」

「爺爺不會逼我們吃辣椒。」小樹流淚瞪著叔叔說：「下次見到爺爺，我要跟爺爺說你逼我跟弟弟吃辣椒，叫爺爺不要給你錢……」

「媽的，你說什麼！」叔叔大怒站起，將手中辣椒砰地砸在桌上，瓶身碎裂炸開，辣椒醬濺得到處都是。

小竹嚇得哇哇大哭，被叔叔厲聲喝止，指著他說：「小鬼，沒吃完不准睡覺，快吃！」

小竹被叔叔這麼一喝，身子一抖，趕緊拿起淋滿辣椒醬的披薩，卻被哥哥小樹一把搶下，扔在叔叔身上。

「哥哥……」小竹害怕地縮到小樹身後，抱著小樹的腰。

「別怕！」小樹反手拍拍小竹胳臂，說：「之前倫倫保護我們，倫倫不想我們變得和他一樣，現在倫倫被抓走了，那就換我來保護你……」小樹這麼安撫弟弟，瞪著叔叔和嬸嬸大喊：「你們再欺負我跟弟弟，我就要打一一〇報警！」

「你打——」叔叔暴跳如雷地取出手機，遞到小樹面前。「來，手機給你報警，你報警！報啊——」

小樹呆愣了兩秒，拿下手機就要撥號，立時被叔叔重重掮了一巴掌，和小竹一齊摔倒在地。

「臭小鬼還真打一一〇？」叔叔惱火地撿回手機，關去撥號畫面，轉頭對嬸嬸埋怨。「臭小鬼跟誰學的！還會報警呀他？」

「唉喲。」嬸嬸拍了叔叔的胳臂，埋怨說：「你幹嘛打他臉，過兩天不是要去看你爸，現在怎麼帶他去？」

「現在還帶他去？妳沒聽他說要向爸告狀！」叔叔上前一把揪著小樹衣領，一巴掌、一巴掌地掮他的臉和腦袋，罵說：「你要向爺爺告狀？你不知道你爺爺就是我爸？你說他相信兒子說的話，還是相信孫子說的話？」

「爺爺當然相信我的話！」小樹尖叫抵抗。「爺爺說你不學好，不找工作，只會向他要錢！」

「他媽的——」叔叔勃然大怒，揪著小樹的衣領，高高舉起拳頭。

鈴鈴鈴鈴——鈴鈴鈴鈴——夫妻倆的手機同時響起。

叔叔扔下小樹，氣呼呼地望了望手機螢幕上的來電顯示，拿起接聽。但手機那端立時掛斷電話；嬸嬸手中的電話，也同樣剛接聽就被掛斷。

然後兩人手機的鈴聲再次響起。

兩人一接，電話立時又斷。

「怎麼回事？」叔叔和嬸嬸望著三度響起的電話，這才感到有些不對勁。

叮咚、叮咚、叮咚——

樓下門鈴也隨即響起，嬸嬸上前接聽對講機，講了兩句，轉頭緊張兮兮地對叔叔說：「是警察！說有人報案我們家發生家暴！」

「媽的咧……」叔叔又驚又怒，見到拉著弟弟退到一旁的小樹，本想上去補兩巴掌，但見到廳桌一片狼藉，滿是瓶罐碎片和辣椒醬，連忙彎腰收拾餐桌，還怒叱小樹和小竹：「還不過來幫忙收拾桌子！」

叔叔剛說完，手機突然亮起，不但開啟擴音，且音量跳至最高，響起一個陌生女聲：「小樹、小竹，我是倫倫的朋友，倫倫要你們快逃、快喊救命、快向鄰居求救，現在警察就在樓下！叫鄰居幫忙開樓下大門。」

「救命！」「警察叔叔——」兩兄弟二話不說，尖叫著往陽台跑。

「抓住他們！」叔叔扔下辣椒瓶和碎片，吆喝著嬸嬸一同追去阻止兩兄弟逃跑。

「救命啊！」小樹奔到陽台，一手揪著鐵門欄杆，一手緊緊摟著弟弟，死命不讓叔叔、嬸嬸將他倆拖回家中。

「怎麼回事？怎麼回事？」對門鄰居開門察看情況，隔著鐵門和叔叔、嬸嬸對話：「小孩子怎麼了？」

「我們家管教孩子，不干你們的事！」嬸嬸朝著門外喝叱，但她口袋裡的手機卻尖叫駁斥：「阿姨，他們說謊，他們不是小孩的父母！是虐童犯！是強姦犯！是殺人魔！快點開樓下大門，警察就在樓下，快點！」

「我的手機是怎樣啦……」嬸嬸取起手機，卻見手機螢幕竟是個七孔流血的女孩，嚇得扔下手機，連連尖叫。

「什麼？」上下樓聚來的鄰居都聽見那莫名的電話聲，有人立時奔回家裡按對講機、打開樓下鐵門。

幾名員警急急上樓，來到叔叔家門前大力拍門。「開門、開門、開門！」叔叔、嬸嬸已將小樹、小竹拖進屋內，還重重關上木門，對門外一切叫喊相應不理。

樓下，文孝晴像是早預料到那叔叔會有這種反應，緩緩托起那綁上石塊的晴天娃娃，對準公寓二樓陽台鐵窗一處較大空隙，擺出投手姿勢。

然後她抬腿、揚臂——全力投出手中的晴天娃娃。

娃娃飛上半空，落進小樹家陽台。

五秒之後，小樹家的燈光開始閃爍。

跟著，先傳出嬸嬸的驚恐尖叫聲。

再輪到叔叔慌亂慘叫。

然後又換嬸嬸尖叫。

再換叔叔尖叫。

二十分鐘後，鎖匠終於開了門，員警擁入屋內，當場制服在客廳扭打成一團的叔叔和嬸嬸。然後又從兩兄弟房間，救出正哆嗦不停的小樹和小竹。

叔叔和嬸嬸一邊驚恐地瞪視對方，一邊向警方供稱對方不知道為什麼突然發瘋，像瘋狗般撲上來亂咬自己。

小樹也說剛剛叔叔把自己和弟弟拖進屋之後，不知道為什麼，放下他們，跑去咬嬸嬸的手臂，咬沒兩口，又換成嬸嬸咬叔叔，兩人就這樣輪流撲咬對方手腳，打成一團，然後他們聽見電話裡的姊姊指示，躲回房裡等警察進來救他們。

警察問電話裡的姊姊是誰？

小樹和小竹說不知道，只說她自稱是倫倫的朋友。

附近看熱鬧的鄰居聽小樹和小竹竟提起倫倫這名字，嚇得一哄而散——先前倫倫吊死在房間窗邊這件事，早傳遍了街頭巷尾。

樓下，文孝晴在扔完晴天娃娃之後，便拉著謝初恭轉出巷弄，回到車上，透過手機要伶伶喊小兄弟進房躲好，別被波及到了。

謝初恭攤了攤手，無奈地對文孝晴說：「早知道這件案子會變這樣，白天就該先收錢才對……」

「有啊，你收了八百。」

「八百……」謝初恭翻了個白眼。「妳挑的旅館房間都不只八百……」

「好啦。」文孝晴說：「對不起喔，都怪我選了間這麼貴的房間，害社長破費囉。」

「……」謝初恭哼哼說：「那……那房間今晚還要住嗎？」

「住啊，為什麼不住。」文孝晴說：「那浴缸很舒服，我想再泡一次。」

「對耶，我也還沒洗澡……」謝初恭語氣一下子變得紳士起來，輕咳兩聲，說：「妳可以放心泡澡，我不會偷看……嗯，等等路上要不要順便去找個入浴劑，當泡溫泉。」

「嘿，你這主意不錯。」文孝晴點點頭，說：「不過先去一趟夜市吧，我剛剛投了場好球，又有點餓了。」

「好。」謝初恭一個轉彎，國產老爺車轉上大道，駛向夜市。

CASE# 05

不眠之夜

坦白說這個案子我本來不打算建檔，因為沒有委託人、沒有收入，但後來想想，其實有委託人的——就是阿芬。

這件案子的首要目標，就是揪出欺負阿芬的渣男，讓他得到應有的懲罰，讓阿芬瞑目。

在本社網路特派員伶伶及談判專家阿晴透過某些「神祕手法」，取得了大量私人信件、訊息紀錄之後，經過兩週時間整理、過濾，總算釐清了真相，鎖定了目標。

就在昨天，社長我決定在通靈事務社本部成立專案小組，暫時擱置其他案件，集中全力進行這次案件。

我將這次行動，取名為「獵狼行動」。

「行動代號有點俗耶。」

喂喂喂，妳不要插嘴，妳的聲音錄進去了啦！

「錄進去又怎樣？就真的俗啊……」

謝初恭放開錄音鍵，臭臉質問文孝晴：「為什麼每次我錄案件紀錄，妳都要找我麻煩啦？」

「因為我實在不知道你每次錄那個鬼東西有什麼用。」文孝晴哼哼說：「你錄完真的會放出來聽嗎？」

「會啊。」謝初恭說：「這是我的工作紀錄耶，將來要留給我孩子聽的，讓他們知道他們的父親，當年是如何水裡來火裡去地執行任務，維護世間和平，根本是靈異版的詹姆士龐德。」

文孝晴乾笑兩聲，說：「你到底有多愛〇〇七啦，動不動就說到詹姆士龐德。」

「廢話，〇〇七是所有情報員心中的完美目標啊。」

「情報員？你又不是情報員，你是抓姦仔，這兩種工作完全不一樣好嗎？」

「我小時候的夢想就是當一名情報員啊！還有什麼叫抓姦仔！妳好歹也說『私家偵探』好嗎？」

「好啦、好啦，大偵探、大情報員、大初恭社長——」文孝晴指著前方：「前面有車位。」

「不用每次都提醒我哪邊有車位，我看得見！」謝初恭哼哼地停車。

兩人下車，走入大型連鎖文具行，花了數十分鐘，挑揀著白板筆、磁鐵、便條紙等文具用品，期間文孝晴還收到伶伶報告小樹、小竹兩兄弟的現況——伶伶三不五時就會潛入經手小樹家暴案件的社工手機，關切這起事件的後續發展。

小樹和小竹被叔叔逼迫吃麻辣披薩的當晚，伶伶在文孝晴指示下，進入叔叔和嬸嬸的手機裡，開啟錄音，錄下叔叔強逼兩兄弟吃辣椒的完整對話過程，並直接傳給小樹的爺爺和一票親友。

收到消息的爺爺，氣急敗壞地從外縣市趕來警局接回小樹、小竹，指著叔叔破口大罵，說寧可把本來要分給他的財產，拿來請幫傭照顧自己和小樹、小竹，也不會分他一毛錢。

至於謝初恭本來以為無法回收的案件費用，後來仍拿到手——這是因為文孝晴將晴天娃娃扔回屋裡後，倫倫便又回到那間悲傷的屋子，可將從警局返回家中的叔叔嬸嬸嚇得魂飛魄散，打電話質問謝初恭那娃娃怎麼會回來。謝初恭自然不會承認娃娃是文孝晴扔回去的，推說倫倫或許是聽見兩兄弟發出的求救心聲，飛天去救兩兄弟。

翌日，謝初恭帶著文孝晴二度上門，再次取回娃娃，且保證娃娃真的不會再回來了，然後開了個價。

小樹的叔叔、嬸嬸本想討價還價，但被文孝晴嚴詞拒絕，說少一毛錢，她就不會帶走娃娃。兩人莫可奈何，特地出門提錢，付清款項。

文孝晴親手幫倫倫做了個新娃娃，讓倫倫搬進新娃娃裡，將之掛在自己的臥房窗邊。

謝初恭對此頗有微詞，說這樣家裡就有兩隻鬼，還都是吊死鬼。如果繼續這樣下去，家裡收留的鬼可能會越來越多。但文孝晴有不同看法，她說這次案件，倫倫也算幫上了忙，那麼將來的其他案件，倫倫或許也能幫忙——阿芬是地縛靈能幫忙看家，伶伶是網路特派員能輕易取得機密資料，倫倫本性乖巧，若相處久了，培養出足夠默契，說不定能作為隨身保鏢，與兩人一同出勤。

謝初恭聽文孝晴這麼說，倒真被說服了，他心想自己雖然學過幾年柔道，但過去徵信抓姦時，也曾遇過不好惹的對象、挨過幾次拳頭，若往後能帶個鬼娃娃保護自己，進行各種任務時，可要安全許多，終於答應讓文孝晴帶倫倫回家。

謝初恭與文孝晴提著兩袋辦公用品，返回通靈事務社。

謝初恭辦公桌上擺著幾張列印照片，桌旁立著一面日前購入的碩大白板，他想模仿警匪電影，在桌旁擺一面貼滿目標照片、詳述角色關係，看起來好像很厲害的那種大白板。

兩人站在白板前，將這些天整理出來的資料，一一用磁鐵貼上白板。

「這就是獵狼行動裡的主要目標。」謝初恭將一張年輕男人的列印照片，貼至白板正中央。

年輕男人衣著奢華、戴著名錶，儼然是位富家少爺。

文孝晴拿著白板筆，在那富家少爺照片下，寫上他的姓名和身家背景——

曹辛鴻，二十六歲，曹氏企業少東。

這位曹氏企業少東，就是當夜灌醉迷姦了阿芬之後，還拍下阿芬裸照，事後恐嚇的主謀。

謝初恭接著又將另外三張照片，依序貼在曹辛鴻上方，文孝晴也分別在照片旁寫出三人的身家資料，分別是李龍臣、張澤凱、秦帥。

他們和曹辛鴻一樣，也是富二代，而且背景比曹家更有力數倍。這四人年紀相仿，在其交友圈裡有個響亮的稱號——「四千人斬」，意指四人獵艷無數、博覽群芳。

李龍臣是四人中的頭兒，家產最為豐厚，且家族長輩政界關係極佳。張澤凱是四人中的軍師兼康樂組長，四人的聚會多半由他規劃主導。秦帥在四人中，外表最為俊美，計畫未來朝演藝圈發展。

曹辛鴻家族經營傳統產業，身家比起上述三人稍稍遜色，且性情魯直、脾氣火爆，時常惹出麻煩，除了靠家中長輩包庇之外，也常倚賴張澤凱替他出主意，或向李龍臣借討家族御用律師撐腰。

其他三人其實私底下看不起曹辛鴻，但看在他敢玩、肯幹髒活的分上，依舊願意和他玩在一塊兒。

賴廣鈦學校裡那聯誼社團的創始元老之一，就是曹辛鴻。

然而組織聯誼社團把妹的點子，卻不是曹辛鴻本人想出來的，而是張澤凱的提議。李龍臣等三人不想親自蹚渾水，曹辛鴻也樂於頂個社團領袖的頭銜威風。

曹辛鴻畢業之後，將社長職位讓予直屬學弟兼手下嘍囉，背地裡仍掌控著聯誼社團，且要求社團學弟們盡可能結識更多漂亮女同學，約她們參與定期舉行的聚會。

四千人斬便是這大大小小聚會上的主要嘉賓，他們會在聚會時默默選妃，和各自嘍囉們一搭一唱、起鬨慫恿，想盡辦法將看上的女孩弄到手。

四人在同個場子裡免不了會看上同個對象，四人對此也早有默契，誰願意退讓，下次就有權先挑。

四人的把妹手法各有千秋，李龍臣地位最高，大多時候女孩們會自己貼上去；張澤凱腦筋好、嘴巴甜，總能把女孩逗得樂不可支；秦帥高大俊美，不用開口，光靠一雙電眼，就已威力十足；至於曹辛鴻，除了身家地位不如另外三少之外，身高、長相、嘴巴、腦袋沒有一樣贏的，在自己個人的場子裡威風，但是在四人一齊出席的聚會裡，就顯得吃力了，久而久之，有時就會悄悄用上一些不那麼光彩的手段，例如灌酒，甚至下藥。

謝初恭在曹辛鴻照片下方，又貼上兩張照片——

第一張照片裡的人叫阿孟，剛畢業不久，人稱孟哥，社團成員叫他孟爺。他是曹辛鴻的直屬學弟、過去的社團後輩，也是曹辛鴻旗下員工、相約玩樂時的頭牌愛將。在四人聚會以外的時候，曹辛鴻時常帶著阿孟等一干小弟上夜店玩，看中哪個女孩，就由阿孟出面搭話、請酒，甚至是下藥。

第二張照片那眼鏡潮男是夜店老闆，和曹辛鴻交情甚篤，甚至為了方便曹辛鴻獵豔，特別安排了一條沒有裝設監視器的貴賓暗道，且規劃各種餘興節目，讓夜店順理成章地調暗燈光、贈餐送酒，讓阿孟打著店家的名義，配合節目氣氛烘托，將下了藥的酒飲，塞進被曹辛鴻看中的女孩手上。

阿芬當晚喝下的其中一杯酒，就是在昏暗燈光下、吵雜音樂聲中，糊裡糊塗被阿孟塞進手中的。

喝下那杯酒之後，阿芬就什麼也不記得了。

她在餘興節目時的一片漆黑中，被阿孟和小弟們帶走，循著貴賓通道，被塞進一輛高級廂型車裡。

曹辛鴻在廂型車裡對阿芬為所欲為、拍下各種不堪照片之後，再讓阿孟將阿芬帶回夜店廁所。

夜店老闆收到曹辛鴻通知，便請女員工去廁所攙出阿芬，將她帶去鄰近旅館安置——這也是為什麼警方事後調查無果的原因，一來阿芬同學與曹辛鴻、阿孟並無交集；二來女員工將不醒人事的阿芬送進鄰近旅館房間之後便離開，整段過程也沒有加害的理由和機會；三來阿芬已不在人世，一切死無對證。

即便整個過程最後當真被抓到把柄，也還有阿孟這道防火牆能跳出來頂罪。

這把火怎麼也燒不著曹辛鴻。

文孝晴從大量私人信件和通訊記錄中，發現了四千人斬嘍囉的友人，然後再從友人的信件和簡訊裡，一個接一個地揪出這麼一大串髒東西。

但始終找不出與阿芬有關的線索，直到前幾天，文孝晴將目標鎖定在專門負責替曹辛鴻請酒的阿孟身上，派出伶伶長時間監控阿孟手機，終於偷聽到阿孟酒後和小弟聊起阿芬自殺時的社會新聞，這才確認阿芬受害，確確實實就是這些人所為。

文孝晴沒把握單靠這些暗中錄下的錄音，可以讓曹辛鴻接受法律制裁，而這也是謝初恭擱置其他案件，全力進行「獵狼行動」的原因——一來他們很難解釋自己究竟是怎麼取得這些錄音，二來他們知道這些富少的背景雄厚，如果證據不夠有力，在漫長的訴訟過程裡，很容易被擺平。他們得找著更有力的武器，將這些傢伙一舉擊垮。

「哼哼！」謝初恭扠著手瞪著四人頭頂上那共同稱號。「四千人斬，有夠囂張喔！」

「如果你也是富二代，也認識他們，他們約你加入他們。」文孝晴似笑非笑地望著謝初恭。「你會和他們共組『五千人斬』嗎？」

「拜託喔！」謝初恭不屑地說：「妳太小看我了吧，社長我玉樹臨風，多情卻不濫情、風流而不下流。」他轉身面向文孝晴，左手肘抵著白板、右手拍拍自己的臉蛋，然後撫著胸口，繼續說：「本人把妹，靠的是我的臉，跟一顆真心，不是那種下三濫招數，我以前——」

「停，你不用說，我沒興趣。」文孝晴揚手阻止謝初恭再一次吹噓自己學生時代的幾段愛情故事，她捏著白板筆，在白板上寫下一個日期，然後加上四個字——

「不眠之夜」

四位富少除了不定期舉辦各種聚會活動之外，還會定期在私人招待所舉辦大型歡樂派對，四富少相聚時，總愛互相吹噓這段時間又獵得哪位小模，或是某天同床玩樂女孩的人數突破新高、某縣市內所有大學學生蒐集完畢之類的古怪成就——賴廣鈦學校那聯誼社團成立之初，四富少只是學生，藉著曹辛鴻作為四人代表，以聯誼社團名義結識校內、校外的同齡女孩，直到近幾年富少紛紛接手家族事業，獵艷對象也從學生向外擴展到網紅、小模等各種職業的女孩。

不眠之夜，就是四少用來狩獵女孩們的重要活動。

「妳……」謝初恭望著文孝晴，說：「確定要這麼做？既然我們都知道當晚欺負阿芬的混蛋就是曹辛鴻，他的手機也被伶伶入侵了，行蹤完全被我們掌握，我們為什麼不背地裡搞他？要冒著風險去他們主場跟他正面對決？」

「因為我們的目的不單只是要教訓曹辛鴻。」文孝晴說：「我想直接帶著阿芬回到那個晚上，讓她親自做些什麼，好彌補當時無能為力的缺憾，解開她心中的死結、化解她的怨念。」

「……」謝初恭皺眉問：「妳確定這樣能化解怨念？」

「不確定。」文孝晴攤手說：「所以得試過才知道。」

「好，那……」謝初恭點點頭，又問：「妳要怎麼做？那四個傢伙的場子不是想進去就進得去的。」

「如果換成是你，你會怎麼做？」文孝晴反問：「名偵探初恭。」

「我會找他朋友裝熟，例如……」謝初恭指了指曹辛鴻照片底下的阿孟。

「這傢伙。」

「對，就找他下手。」文孝晴笑著也以指節敲敲阿孟照片。

□

阿孟帶著兩名嘍囉，窩在咖啡廳一角，打量著櫃台後那女服務生。

三人一致同意，那看來不過十幾歲的女服務生，絕對有五顆星。

如果能說服她以曹辛鴻女伴的身分，盛裝出席三天後的不眠之夜，肯定能替曹辛鴻掙足面子——上一次不眠之夜隔天，阿孟被曹辛鴻大大數落了一頓，理由是另外三少當晚的貼身女伴，個個都是五星級，唯獨阿孟找來的那位女伴，不開口還勉強能拿四顆星，一開口卻是濃濃酒店江湖味，頂多值三顆星，私下玩玩無妨，帶著出席這種大型派對，可是丟人現眼。

雖然阿孟還無法完全參透自家老闆和另外三少鑑賞女人時的星級評鑑標準，但也大概能夠抓著個大概——年紀、臉蛋、身材自然不在話下，學歷舉止氣質涵養也都是加分項目。整體氣質切合當天不眠之夜的主題，又是另塊加分區。

例如校園之夜就要找清純學生妹；盛夏之夜就要找願意大方展露身材的女孩；狂野之夜就要找大膽敢玩的女孩；乖狗狗之夜，就要找願意帶著項圈趴在地上汪汪吠叫的女孩。

四千人斬的創意令阿孟難以招架。

兩週後的不眠之夜，主題是「自訂」——這是讓四少自由發揮的一個項目，半年前那場自訂主題的不眠之夜，李龍臣穿著復古黑西裝、頸繞白圍巾，挽著一位身穿旗袍的混血妹子，儼然是二〇年代中國上海灘黑幫大哥征服了洋人千金閨女一般。那晚李龍臣的自訂主題是「十里洋場風花雪月」。

張澤凱一身學生制服，女伴身穿套裝，戴細框眼鏡，看來精明幹練。主題是「高中課後輔導」——張澤凱連續四次自訂主題都是女老師，每次找來的女伴都是貨真價實的美女老師，從國小班導師到大學副教授都有，大家都知道他對手拿藤條說要好好懲罰他的美女老師完全沒有抵抗力。

秦帥和女伴則雙雙化上屍妝、穿著西洋禮服，主題是「吸血鬼之夜」，主題雖然略微俗氣，但外表俊秀的秦帥的那次吸血鬼扮相，在整場宴席上獲得最響亮的尖叫聲和最多目光，這是秦帥的優勢，扮什麼都帥。

曹辛鴻那晚的自選主題是「霸氣總裁與小奴隸」，他為了替自己增添幾分霸氣，特地戴上了假鬍子，但站在俊美的吸血鬼秦帥身旁，看起來反倒更像是替秦帥打理古堡的變態管家。

那晚不眠之夜的後半場，曹辛鴻帶去的小奴隸黏去秦帥身旁有說有笑，不時和女吸血鬼爭風吃醋討秦帥歡心，曹辛鴻只當作沒看見，端著高腳杯四處請與會女孩們喝酒——在不眠之夜裡，除了四少親自攜來的女伴之外，還有不少受邀與會的女孩，她們的姿色通常也不差，更勝四少女伴的佳麗其實並不罕見，倘若在曹辛鴻的個人派對裡，大家自然眾星拱月地圍著曹辛鴻。但每每四少一同出席的場合，不論是外貌還是身家都落後其他三少一大截的曹辛鴻，總是被冷落，只能去找三少看不上眼的女孩攀談，撿三少吃剩下的——這正是讓他漸漸養成在女孩飲料裡下藥這惡習的原因，他不是不知道自己與另外三少的差距，但就是不甘心、不服氣。他藉著下藥，總也能在夜店裡勾到一些被三少認可的「五星極品」，他會拍下她們的照片向三少展示，證明自己本事也不小。

倘若他覺得照片裡的女孩睡得跟死魚一樣，效果不佳，也會用照片要脅對方，要她們出來陪他多睡幾次。當然，這些髒活大多交給阿孟和嘍囉們操刀，他只負責玩樂。

叮咚——

阿孟的手機響起，是曹辛鴻打來的電話。「真棒，就要她了。」

曹辛鴻看過阿孟傳給他的服務生照片之後，顯然十分滿意，興奮地說：「這個不用說，五星！比上次另外三個的妹子都正，你在哪裡拍的？她是餐廳店員？」

「是一間咖啡廳，我們可以用包場那招。」阿孟問：「老闆，你什麼時候回來？」

「嗯，我陪老爹巡廠房，下週才能回台北，你這幾天替我打點好，到時候看我風光登場。」曹辛鴻這麼說，又補充一句。「也別忘了另外多找幾個備胎，免得像上次那樣，臭婊子臨時反悔，害我只能臨時找個酒店妹去丟人現眼。」

「沒問題，老闆，放心交給我吧。」

「你要說到做到啊，要是再讓我丟臉，真要扣你薪水了！」

「我保證絕對不會讓老闆失望！」

阿孟掛上電話，長長吁了口氣，向兩個小弟使了個眼色。「用包場那招，幫忙想一下梗。」

「好。」兩個小弟立時開始腦力激盪——他們若是看上餐廳、咖啡廳的店員，就會以歡送會、公司聚餐的名義包下整間餐廳，讓曹辛鴻扛著老闆光環，開著名車前來，豪氣打賞服務生小費，厚著臉皮索討聯絡方式，私下再藉著打工名義，用高於行情的時薪，邀請女孩前往私人聚會招待高級客戶——所謂高級客戶，自然也是曹辛鴻從手下挑出的老臉嘍囉，穿著特地準備的高級西裝假扮貴賓。如此反覆幾次，卸下目標女孩心防，便邀女孩以曹辛鴻女伴的名義參加不眠之夜，自然也是有薪的。

有些女孩在不眠之夜之前，就和曹辛鴻搞上了。

也有些女孩在不眠之夜後，又被另外三少看上搞走。

還有些女孩只將曹辛鴻當成老闆，應對謹慎矜持，但一見另外三少，可春心蕩漾了——對曹辛鴻來說，這可是最糟糕的情況了，倘若碰上這種情況，他會不開心好一段時間。

然後阿孟就得花點心思哄老闆開心，或是舉辦私人派對，找些美女讓老闆恢復自信；或是隨機上夜店挑選外貌氣質和那些讓老闆不開心的女孩們相似的女孩，想盡辦法弄去給老闆出氣發洩。

阿芬就是這麼被阿孟挑上的。

阿孟微笑起身，走向櫃台，老練地取出名片遞給五星級服務生，向她詢問包場事宜。

□

數天後的正中午，雙眼布滿血絲的阿孟，來到了黃老仙家。

謝初恭和文孝晴為了迎接阿孟的到來，事先花了點工夫，將黃老仙家打掃整理一番。黃老仙過去沉迷修道，居家布置擺設瀰漫著濃厚的神祕學氣息，滿屋子都是古怪飾品和宗教書籍。

謝初恭聽見阿孟在外按下電鈴，便開門相迎。文孝晴坐在客廳廳桌後，桌上的小檀香爐飄出一縷煙霧。

兩人一改先前T恤搭牛仔褲的穿衣習慣，改著棉麻材質休閒衣褲，戴上念珠和少數民族風格飾品，一副現代文青居士的模樣。

「你說的手機帶來了嗎？」文孝晴面無表情地向阿孟揚手一伸，手上三串念珠抖得窸哩窣嚕。

「帶來了……」阿孟連忙從隨身包包裡取出一本聖經，將之掀開，裡頭還夾著一本大悲咒，再掀開，裡頭是一支手機。

文孝晴捏起手機，按了按鍵，螢幕一亮，是輸入密碼的介面。她翻轉手機，朝向阿孟，示意要他解鎖。

阿孟哆嗦著伸出手，往指紋感應鍵按入。

解鎖，一個垂頭披髮的上吊女人半身照片，顯現在手機螢幕上。

「哇——」阿孟嚇得尖叫，身子向後一彈，被謝初恭按回椅上。

「別怕。」謝初恭按著阿孟雙肩，對他說：「有文老師在，沒有東西傷得了你。」

「嗯。」文孝晴托著手機端詳那上吊女人，問阿孟：「這女人你認識嗎？」

「我……我……」阿孟喘著氣，搖搖頭。「我不認識，我……我不知道她是誰。」

「嗯。」文孝晴淡淡笑了笑，伸指敲了敲手機螢幕。「女人，妳找上本社委託人所為何事？他說他不認識妳。」

阿孟的手機，開始閃爍。

傳出一陣女人哭聲。

上吊女人身子微微顫動，低垂的腦袋緩緩抬起，一雙哀淒的眼睛自髮間微微露出，那崩裂成數瓣的青唇呢喃顫抖，說：「他……說……謊……」

「我錯了！」阿孟身子一顫，撲倒在地，朝著文孝晴手中的手機不住地磕頭。「我錯了、我錯了！對不起、是我不好……求求妳放過我……」

「所以你認識她？」文孝晴淡淡問。

「我、我……」阿孟說：「我……我不認識她，但是……但是我……我……」

「你害死她？」

「不是！」阿孟怪叫：「我只是請她喝了一杯酒，帶她去見我老闆，我沒傷害她、沒侵犯她！不關我的事。」

「嗯。」文孝晴點點頭，說：「法律上關不關你的事和我無關，我也沒興趣知道，但她找上你，表示她覺得和你有關，你想怎麼處理呢？」

「妳……妳來處理啊！」阿孟驚恐嚷嚷：「我找你們，當然是請你們幫我處理呀？我怎麼知道怎麼處理這種東西？」

「這種東西？」文孝晴嘆了口氣，說：「這位小姐不是『東西』，她曾經是人，後來因為某些緣故往生，她的魂魄留在人世，應該是心懷怨念。她的心中有個死結，打不開——」文孝晴說到這裡，對阿孟說：「孟先生，你知道她心中那個死結是怎麼一回事嗎？和你有關嗎？」

「死結？我不知道！我不知道！」阿孟說：「是我老闆！是我老闆迷姦了她，還拍下她的裸照，還要我……要我用裸照威脅她，逼她出面跟我碰面，要我蒙住她的眼睛帶她上車，我老闆還想再弄弄她……全是我老闆的意思……不關我的事……」

「孟先生。」文孝晴說：「你冷靜點，你先把事情的經過從頭到尾、仔仔細細地跟我說一遍。我得知道當天到底發生了什麼事，搞清楚你們之間的恩怨，才能思考怎麼幫上你的忙。」

謝初恭拍了拍阿孟的肩，附和說：「對，你把文老師當成律師就對了，把所有的事情都告訴她，你是我們的客戶，我們會幫你想辦法。」

「是……是……」阿孟喝了口茶，喘了好半晌氣，心虛地從那晚在夜店幫曹辛鴻物色獵物開始說起。

那時他將暈眩無力的阿芬攙扶進廂型車，翻出阿芬的手機，捏著阿芬的手指解鎖，自行加入阿芬的通訊軟體好友。

接著他駕著廂型車與曹辛鴻會合，讓曹辛鴻進入後車廂享用阿芬。

他則開著車在市區亂繞，直到曹辛鴻玩得滿意了，這才停車讓曹辛鴻下車換乘另輛轎車離去；他則再將廂型車駛回夜店，通知夜店老闆，派出女員工帶阿芬前往鄰近旅館。

事後，阿孟也乖乖按照曹辛鴻指示，以當晚車內拍下的裸照威脅阿芬，打算再將她約出來欺負。

結果阿芬自殺了，新聞鬧得很大。

他與曹辛鴻低調了一陣子，生怕惹禍上身。曹辛鴻本來一度考慮將這件事告訴三少，畢竟李龍臣家族御用律師團十分強大，絕對有辦法幫他擺平這件事，但又擔心三少會因此疏遠他。為此猶豫了一段時間，直到風平浪靜，才漸漸鬆懈，且故態復萌，重新大張旗鼓地物色下一場不眠之夜的女主角。

直到前幾天，阿孟領著兩位小弟，看上一位咖啡廳女店員，且很快地和咖啡廳老闆談妥包場事宜；他興高采烈地向曹辛鴻回報進展，獲得幾聲讚許，喜孜孜地回家。

他在租賃套房一面吃著滷味一面滑著手機，突然一聲嗆咳，噴了滿地菜屑。

阿芬的通訊帳號傳來了訊息。

他驚恐地點開，不明白為何明明已經刪除了的阿芬帳號，會重新回到他的通訊好友名單中，且還傳來了訊息。

那訊息是一張上吊女人的半身照片——

其實這是伶伶假扮的，但阿孟壓根沒有仔細記著阿芬的長相，一見這上吊女鬼，立時聯想到之前自殺的阿芬。

照片裡的「阿芬」盯視著鏡頭，彷彿像是盯視著他。

阿孟感到從頭到腳有如置身冰窖一般。

他連忙將阿芬帳號再次從好友名單中刪除，將手機扔在桌上，抱著腿瑟縮在沙發上呆愣數十分鐘，才壯著膽子重新拿起手機。

叮咚——阿芬又傳來了訊息。

他扔下手機，嚇壞了，像隻無頭蒼蠅般在房中踱步。

電話響起，嚇得他大叫一聲，足足響了半晌，才緊張兮兮地湊近去看，是曹辛鴻打來的，他連忙接聽，曹辛鴻在電話裡吩咐著咖啡廳包場計畫中一些旁枝末節的瑣事，阿孟連聲應答，卻半句也沒記進心裡。

曹辛鴻吩咐完，便掛上電話，才過兩秒，阿孟手裡的電話再次響起，是通訊軟體的語音通話。

又是阿芬的帳號。

他不敢接，鈴聲便繼續響，他將手機用厚外套裹起，扔在角落足足過了一整夜。

直到隔天日出，阿孟這才重新拿回手機，替電力耗盡的手機充電。

他點開通訊軟體，差點沒嚇死——阿芬的帳號，傳來了上千則訊息，每則都是女人上吊的照片。

照片裡那由伶伶假扮的阿芬，神情一張比一張哀怨，到最後已經和恐怖電影裡的淒厲女鬼沒有分別了。

阿孟嚇得六神無主，本想向主子曹辛鴻求救，但又有些猶豫——畢竟阿芬現在找上的是他，不是曹辛鴻，曹辛鴻未必能幫上什麼忙，且若讓他得知阿芬回來報仇，說不定會為了讓阿芬消氣，逼他去自首，扛下所有罪責。

畢竟對阿芬下藥的人確實是他，拐她上車的是他，事後傳照片威脅人家的還是他……更重要的是，他兩年前便已收下將來替曹辛鴻頂罪的安家費，金額可不小，為的是償還賭債。

曹辛鴻也是仗著自己早已準備好替死鬼，才這麼肆無忌憚地狩獵玩樂。

就在阿孟猶豫再三時，手機亮起了簡訊通知。

是通靈人文老師的網路廣告。

阿孟焦躁地隨手刪去廣告，將手機扔在床上，獨自出門閒晃——當時經過喬裝的謝初恭，早在樓下守著，暗中跟監，隨著阿孟來到速食店。

謝初恭刻意選在阿孟身後的座位，一面吃著漢堡，一面拉高分貝講電話，說自己最近撞鬼了、嚇死了，好在有文老師出手相救，幫他趕走惡鬼，保他平安。

謝初恭吃完漢堡就走，也不管阿孟聽見沒有，因為一個小時之後，他再次喬裝成老頭子，戴著禿頭頭套、用膠水和特殊化妝用品扮出老妝，弓背裝駝、搖搖晃晃地來到坐在公園發呆的阿孟身旁，撥打電話嚷嚷地向鄰居說文老師帶他觀落陰，讓他能和病故多年的老妻敘敘舊。

又過兩小時，謝初恭穿著背心，露著貼上刺青貼紙的胳臂，來到正在馬路上閒晃的阿孟身旁，大聲操著粗口，對電話那端的小弟吹噓之前那個被他帶人打死的小角頭，本來死不瞑目，變成厲鬼過來索命，好在他請了文老師出馬，成功超渡小角頭亡魂，要大家晚上陪他喝酒慶祝。

傍晚，阿孟來到網咖，上網搜尋文老師究竟是何方神聖，本來什麼也沒搜到，但螢幕無端端地跳出一個廣告視窗。

正是文老師的網路廣告。

他這才想起出門前，手機似乎也收到了類似的廣告簡訊。

他立時按照廣告視窗上的網址，進入文老師的社群頁面，傳訊向「文老師」求救，與對方約定時間上門諮詢。

文老師——文孝晴則刻意將見面諮詢時間延後幾天，一來讓伶伶再嚇他幾天，嚇得他身心俱疲，讓他對之後自己的指示更加言聽計從，二來讓他們有時間打掃黃老仙家，借黃老仙家來接待阿孟——由於四少背後勢力龐大，因此兩人商量之後，決定不用通靈事務社的名義迎接阿孟，免得後患無窮。

「看來，要擺脫這女人，唯一的辦法，就是幫她對付你老闆，將他繩之以法。」文孝晴望著兩天沒睡的阿孟，說：「這樣才能化解女人心中怨氣，讓她了無牽掛地離開。」

「什麼……」阿孟面露難色，問：「這樣……我老闆會宰了我……有沒有其他辦法？」

「嗯。」文孝晴思索數秒，說：「如果你不敢正面跟老闆翻臉，那就替她帶路吧，讓她自己去找你老闆討債。」

「帶路？」阿孟困惑地問：「怎麼帶路？」

「你剛剛說你老闆喜歡在夜店、在派對上把妹，把不到就要你們這些小弟找機會下藥。」文孝晴說：「我讓女人附在我身上，你只要安排我進派對、把我介紹給你老闆認識，剩下的就沒你的事了，我會替你保守祕密，你老闆不會追究你的責任。」

「什麼……」阿孟有些訝異，像是覺得文孝晴這提議已超出他本來對於「超渡怨靈」的想像，他以為可能需要舉辦法事之類的儀式。

「普通的法事沒辦法化解厲鬼怨念。」謝初恭在一旁說：「冤有頭、債有主，我們替亡靈找到怨念源頭，剩下來的，就得讓他們自己解決。」

「可是……」阿孟說他前兩天在路上聽一個流氓自稱打死一個角頭，被角頭鬼魂纏上，最後也是文老師替他超渡那角頭。

謝初恭笑著說那流氓只是奉命行事，正是因為供出幕後主使者，協助角頭報了仇，角頭才願意放他一馬。

「如果你不忍心牽連到你老闆，那就自己替他扛下整件事吧，反正，女人本來就先找上了你。」文孝晴淡淡地將手機推至阿孟面前。「這支手機，你帶回去吧，之後你自己和女人看要怎麼解決。」

文孝晴剛說完，手機就激烈地閃現出一則又一則簡訊。

全是阿芬的帳號傳來的訊息。

「我……我答應妳！我可以替小姐帶路！」阿孟驚恐地說了個日期，正是不眠之夜。「那天晚上九點，我老闆會出席一場派對！」

「好。」文孝晴笑著拿回手機，像是摸小貓般安撫著手機。

手機立時安靜下來，不再跳出新的訊息通知。

□

這天晚上，陽明山上一間私人招待所外，立著一面小小的復古霓虹燈招牌，上頭亮著四個字——不眠之夜。

這高級招待所專門租借給明星、富豪舉辦派對，地下建有寬敞停車場，能夠容納數十輛車。

晚上九點零五分，一輛白色跑車駛入招待所地下停車場。

跑車停妥，車門雙雙敞開，走下一對身穿雅緻和服的男女。

正是謝初恭與文孝晴。

兩人乘坐的跑車與身上的和服都是租的。

不過費用是阿孟出的。

兩人一下車，微笑對望，一齊走向招待所內部入口接待處，向接待人員展示邀請函，還刻意晃了晃兩人左手中指那華美對戒。

也是阿孟出錢買的。

兩人通過招待所地下通道，來到一樓大廳，見到忙著招待賓客的阿孟，便笑著上前找他攀談。

阿孟像是不願讓人知道他與兩人的關係般，低聲對文孝晴說：「文老師，妳的指示我都做了，邀請函、租車費、服裝費、戒指錢……應該沒我的事了吧……」

「你忘了你還有最後一個任務。」文孝晴笑著說：「等等得向你老闆介紹我們，資料我之前傳給你了，你可別說你沒看啊。」

「啊，對，還要介紹給老闆……資料我有看過，你們的身分是玩具代理商，剛剛訂婚不久……」阿孟連忙取出手機，點開文孝晴事先傳給他的假身分資料瞧上幾眼，嚥了口口水，又問：「那位小姐……也來了？」

文孝晴沒有直接回答，只是朝著阿孟身旁，微笑點了點頭。

阿孟陡然聽見身旁響起細微的呼氣聲，同時一股陰寒氣息拂上他的臉，一路冷至腳底，嚇得他猛地後退一大步，起了一身雞皮疙瘩。

「那……我去忙了，你們慢慢逛……等老闆出場我再來找你們……」阿孟強作鎮定，向謝初恭與文孝晴鞠了個躬，快步逃遠。

謝初恭和文孝晴在大廳裡繞了繞，與許多與會賓客打了照面。這些賓客女多男少，大夥兒見到身穿和服的文孝晴，有的是微微詫異，有的則面露不屑——今晚不眠之夜的主題雖是自選，但事前大家都知道這次的招待所有個漂亮的戶外大泳池，和泳池專屬的餘興節目，且時近夏天，因此大家的裝扮雖然各有千秋，但多半仍以清涼為主。

如此一來，身著正式和服的文孝晴與謝初恭，站在眾人之中，反倒格外顯眼。

不少與會女孩們都知道，今晚這不眠之夜，可是爭寵之夜。

所有女孩的第一志願，自然是那大集團的未來接班人李龍臣。

多數女孩其實並不會妄想自己能攀上枝頭變鳳凰，只求能陪他玩耍一段時間，別說期間收下的名牌包、飾品等各種昂貴禮物，單單只看進出的餐廳、享用的餐點、入住的酒店、參與的活動、乘坐的豪車、結識的名人，全部拍成照片，一張張發上個人社群頁面，便風光到了極點，足夠讓女孩們在各自的姊妹圈圈裡，享有龍頭大姊大般的地位，至於後續再如何利用那光環，替自己的未來累積更豐厚的幸福資本，就憑個人本事了。

因此，顯眼的文孝晴，自然而然成了多數與會女孩們的眼中釘。

但也有些女孩，注意到文孝晴與同樣身穿和服的謝初恭似乎是一對兒，因此稍稍放心。

然而，更有少數「老鳥」，參與過不只一次不眠之夜，見到文孝晴身邊有伴，反而更加警戒了，她們低聲對身邊姊妹說，四少還有個癖好，就是喜歡狩獵有伴的女人。

因為像是四少這種等級的玩家，那些有主名花，更能夠激起他們的狩獵意識；對他們而言，強搶來的有主花兒證明了自己更加優越，外加肆意踐踏花兒主人心靈和尊嚴所產生的戰勝滋味，可是那些僅僅只是「昨晚得手了」的女孩們，無法提供的感官刺激。

總之，進場不過十分鐘的文孝晴，已經感受到自己被會場多數女孩視為除了四少正式出場女伴外的頭號敵手。又或是眾人眼中的實質頭號敵手。畢竟按常理推斷，四少帶來的出場女伴，應該有極高的機率已經被品嚐過了。

文孝晴卻是一道可口兼具刺激感十足的新菜色，她的臉蛋和當前裝扮，一點也不輸給四少過去任何一位女伴。

文孝晴呵呵笑著，挽著謝初恭來到庭院，來到牆邊往山下眺望，找著同樣座落在陽明山上，且距離這兒僅有幾公里遠的黃老仙家，很快瞧見遠處黃老仙透天別墅的樓頂一角。

□

「讓我們正式歡迎，曹辛鴻曹少——」不眠之夜的主持人，舉著麥克風宏亮唱名。

熄去燈光的昏暗大廳裡，幾束聚光燈光打在入口處。

曹辛鴻身著古裝、一副大俠裝扮，手按腰間長劍登場。

跟在他身後的女伴，卻穿著時裝，臉上塗得灰撲撲的，口鼻全是血跡，動作姿態古怪，竟然是喪屍裝扮。

「呃……」主持人呆愣愣地望著曹辛鴻這組合，跟著低頭瞧了瞧手中提示小卡上曹辛鴻的自選主題名稱，清了清喉嚨說：「嗯，我們曹少今晚的主題，是『穿梭時空的大俠』！大家來點掌聲——」

「哇哈哈哈！這什麼鬼？大俠配殭屍！怎麼哪麼好笑——」謝初恭猛力拍手之餘，還扯開嗓子用極大分貝拔聲高笑，笑得所有人漸漸停下掌聲時，還笑個不停，笑到所有人都望向他時，還繼續笑，然後笑得嗆著了，還邊咳邊笑。「嘩哈哈哈哈！咳哈哈哈哈……」

文孝晴拍著謝初恭的背，對身邊賓客歉然一笑。「不好意思，我未婚夫酒量不好，有點醉了，請包涵。」她邊說，邊拉著謝初恭退往大廳角落一處擺著餐點的長桌，那兒燈光照映著長桌。

站在長桌燈光下的文孝晴，顯得閃閃發亮。

曹辛鴻神情呆然地望著退到遠處長桌那頭的文孝晴與謝初恭。

他身旁這喪屍女伴，是阿孟花費數萬元，臨時從酒店找來的代班妹子。

本來已經答應今晚邀約的五星級咖啡廳女孩，今天中午臨時傳了訊息給阿孟，稱自己得進醫院陪伴突然病倒的母親，晚上無法參加不眠之夜了——這當然是藉口，實際上那五星級咖啡廳女店員，今早收到文孝晴以假帳號傳給她的訊息，文孝晴用假帳號自稱曾是不眠之夜派對的受害人，說這活動根本是讓富豪公子拐騙女孩身體，還偷拍裸照散布炫耀的惡質活動。

咖啡廳女店員見到文孝晴這訊息，自然不敢赴約，且將已經收下的活動出場費訂金，轉帳退還給阿孟。

事先得到「文老師」指示的阿孟，自然也沒刁難，只是將這訊息轉達給曹辛鴻。

曹辛鴻氣急敗壞地令阿孟立刻啟動備胎計畫——自然，備胎計畫裡幾位姿色較佳的美女，也全被文孝晴以同樣的方法勸退，曹辛鴻只好用上老辦法，再令阿孟上酒店物色對象。

阿孟在文孝晴示意下，找來一位「兩星」女孩，帶至招待所後才傳訊息向曹辛鴻解釋，說本來已經找著個四星的願意出場，沒想到途中出了車禍，進醫院了。只好又打電話，請酒店緊急送來了備胎中的備胎。

那時人已在前往招待所的廂型車上、已經完成大俠裝扮的曹辛鴻，見到阿孟傳來這備胎中的備胎女孩，身著古裝、化妝到一半的照片，氣得在車中暴跳如雷，將電話那端的阿孟祖宗十八代都罵遍了，說讓她穿古裝，不如把臉塗灰裝喪屍算了。

其實曹辛鴻這麼說，本來也只是氣話。

但阿孟當真讓備胎妹子換回自己的衣服，令化妝師替她化成喪屍。

抵達招待所的曹辛鴻，見到阿孟帶出喪屍妹時的第一個念頭，是拔出腰間長劍，一劍刺死阿孟、再刺死喪屍，然後揚長而去。

但他這時候還沒有嗑藥，沒有這麼不理智，只能硬著頭皮牽起喪屍妹準備登場。

「讓我們歡迎張澤凱張公子！張公子今晚的主題，是『體育老師與我』！大家掌聲鼓勵！」

張澤凱穿著體育服，抱著顆籃球。身旁女伴下身穿著緊身韻律褲、上身則是運動外套拉鍊拉至一半，微露酥胸。惹得現場賓客吹起口哨，大夥兒開始猜測那外套裡還有沒有其他衣服。

「接下來要登場的，是我們的掌聲製造機，秦帥秦少爺！秦少爺自訂主題，是『雙子座女孩』！」

秦帥穿著俊挺西裝登場，雙手各挽著個女孩，左手女孩穿著黑色洋裝，右手女孩則是白色洋裝，兩套洋裝除了顏色不同外，款式則完全一樣。

兩位女伴就連長相髮型也一模一樣。

現場賓客們這才知道，主題裡的「雙子座女孩」，原來是指雙胞胎姊妹。

「最後壓軸好戲，就是我們的龍少李龍臣！請報以最熱烈的掌聲，歡迎我們的龍少──『朕即天下』！」

隨著主持人的興奮介紹，一陣鼓聲響起，四個宮女打扮的女孩，兩前兩後，簇擁著身穿龍袍鳳袍、扮成古代中國皇帝皇后的李龍臣和女伴出場。

現場口哨、掌聲不絕於耳，還有些人尖聲起鬨叫嚷：「皇上吉祥！」「萬歲萬萬歲！」

「好——」主持人繼續說：「現在請四位少爺一起上前拍張大合照。」

四少牽著五位女伴，排成一排。

李龍臣、秦帥、張澤凱，不約而同地將身子往前傾了傾，微微側頭，像是都想看清楚曹辛鴻身旁那喪屍妹究竟是怎麼回事——剛剛他們在燈光昏暗的走道等待出場時，雖然都與喪屍妹打過照面，但他們心裡猜測曹辛鴻可能藏著壓箱寶，例如登台之後，喪屍妹會像川劇變臉一樣，唰地一聲露出姣好面貌，嚇大家一跳。

結果沒有。

真的就是隻喪屍。

大合照就在這樣有點古怪的氣氛下結束。

四少互相寒暄幾句，便各自散開，進入自由時間，在下個節目開始之前，所有人可以隨興交談、交換名片、自我介紹等等。

通常在這時候，四少大多會被與會女孩們團團包圍，微笑聽大家一個個自我介紹。

曹辛鴻和喪屍妹保持著一段距離，裝作沒事般地招呼圍上來的女孩們，雖然人頭數遠不如另外三少，但他早已習慣自己與三少之間的差距。

在過去，這時他會湊去三少身旁裝熟，讓自己身邊的女孩混入三少身邊的女孩中，某種程度地消弭了一些差距。

但此時或許是怕三少追問他究竟是因什麼機緣帶來了喪屍妹，所以他並未裝熟，而是腦袋一片空白地與身前兩、三個妹子說些沒營養的客套廢話。

「老闆……」阿孟來到曹辛鴻身邊，低聲說：「之前我跟你提過，我有個同學，是玩具經銷商，想認識你……」

曹辛鴻見阿孟來到面前，稍稍瞥了瞥身後的喪屍妹，又望回阿孟，像是想將自己的兩道目光化為兩把刀，一把捅他肚子，一把斬他腦袋。他冷冷地說：「人呢？」

「那邊……」阿孟自然感受得出老闆此時的怒意，低著頭不敢直視老闆眼睛，揚手往餐點長桌指去。

文孝晴端著一只高腳杯，靜靜佇在長桌邊。

「是那穿和服的女人？」曹辛鴻瞪大眼睛，像是想仔細看清楚文孝晴的容貌，然後一手重重拍在阿孟肩上，狠狠地瞪著阿孟。

「怎……怎麼了，老闆？」阿孟嚥了口口水，有些心虛。

曹辛鴻緩緩轉頭望向喪屍妹，捏了捏阿孟肩膀，說：「這個，兩顆星。」然後再轉頭望向文孝晴。「那個，五顆星。」最後望回阿孟，對阿孟說：「你是數學不好，還是眼睛不好，還是……想故意給我難看？」

「不……不是的，老闆。」阿孟驚慌解釋。「我同學訂婚了，她未婚夫也有來。」

「哦？」曹辛鴻呆了呆，左顧右盼，見到在長桌另一端吃點心的謝初恭。

「是另個穿和服的男人？」他聽阿孟答是，不由得面露不屑。「可惜了，鮮花插在牛糞上……啊，我想起來了，剛剛就是他在笑！媽的……」

曹辛鴻正惱怒間，只見秦帥竟走去文孝晴身旁找她攀談，還和她握了手，接過她從和風小布包裡取出的名片，很認真地看著。

「不會吧，秦帥也盯上她？」曹辛鴻有些驚愕，他知道一向話少的秦帥，一旦主動找人攀談，且露出爽朗笑容時，就是已盯上目標，準備出擊的意思。

他轉頭瞧了瞧那隨秦帥出場的雙胞胎女孩，只見雙胞胎女孩正和張澤凱那女老師、李龍臣的皇后聚在一起閒話家常，也沒打擾三少認識新妹子。

三少顯然早將自家女伴嚐透了，今夜是來挑選新妃的。

秦帥似乎對文孝晴提出了邀約，但文孝晴搖搖頭，禮貌地拒絕了，端著一個餐盤，來到長桌另端，拉著謝初恭找了個角落座位坐下。

秦帥不死心地跟去，搭了幾句話，然後像是覺得自討沒趣般地離開了。

「哦？」曹辛鴻低聲問阿孟：「你同學……跟她未婚夫，感情很好嗎？」

「這我不知道。」阿孟說：「我們……很少聯絡，我們是不久前在同學會上碰到，隨口聊到老闆你，她說她有些業務上的問題想請教老闆你，我就給了她邀請函，帶她過來，看老闆什麼時候有空可以陪她聊聊……」

「我現在很有空。」曹辛鴻正想過去和文孝晴搭話，卻見文孝晴主動起身，走向李龍臣。

「幹……原來是個婊子啊？」曹辛鴻連忙停下腳步，隱隱感到有些挫折。這類場合中即便是主動找他攀談的妹子們，其實都更喜歡三少，主動對三少熱情相迎的妹子，換見到他時，有時會不懂掩飾地表現出冷淡模樣。

然而，文孝晴只是禮貌地遞給兩人名片，簡單地自我介紹幾句之後，便返回座位。

張澤凱捏著名片，反過來主動跟上文孝晴，和剛剛秦帥一樣，有一搭沒一搭地交談幾句之後，便摸摸鼻子離開了。

張澤凱離開時，眼神與曹辛鴻對上；張澤凱攤了攤雙手，苦笑搖頭，大方表示自己敗下陣來。

「……」曹辛鴻抿了抿嘴唇，像是在思索著什麼。他轉頭，只見李龍臣端著一杯酒，遠遠望著文孝晴，然後仔細看著文孝晴的名片。

曹辛鴻隱隱明白，三少都盯上了文孝晴，但知道她身邊帶著未婚夫，當然不可能主動投懷送抱，所以三少可能打算今夜過後，才私下聯絡她。

「阿孟。」曹辛鴻低聲對阿孟說：「你有帶藥來嗎？」

阿孟靜默兩秒，點點頭，說：「有。」

「很好。」曹辛鴻露出一抹邪笑，像是已經決定做些什麼，好讓他將墜進海溝的面子一口氣扳回來。「你聽著……」

□

文孝晴再次來到點心長桌邊，左顧右盼，像是想再拿杯香檳。

「妳好。」曹辛鴻來到文孝晴身旁，微笑說：「阿孟的同學？經營玩具代理？」

「是。」文孝晴笑著點點頭。「曹老闆，久仰。」

她這麼說時，主動伸手與曹辛鴻相握，也遞了張名片給他。

「同學。」阿孟兩手拿著兩杯香檳，將其中一杯遞向文孝晴。

「謝謝。」文孝晴笑著接過酒杯，笑著說：「終於見到你老闆了。」

「呵呵……」阿孟乾笑兩聲，向曹辛鴻眨眨眼，瞧瞧文孝晴手上的香檳。

曹辛鴻微笑向阿孟點點頭，表示知道了，跟著他望著名片上「王艾達」三個字，說：「艾達——好男孩子的名字。」

「其實是英文名字 Ada。」文孝晴笑著說：「我不喜歡自己的中文名字，所以名片只印英文名字。」

「哦？」曹辛鴻好奇問：「我有這個榮幸知道嗎？」

「如果熟一點的話，我會考慮。」文孝晴微笑搖晃著手中香檳。

曹辛鴻連忙揚手指著文孝晴剛剛的座位，說：「妳坐那邊？我們過去聊吧，妳有什麼問題想問我？儘管問吧。」

「嗯？」三少聚在了一塊兒，一齊望著跟隨文孝晴走去座位的曹辛鴻。

「小曹對她也有意思？」

張澤凱訕笑兩聲，瞅了秦帥一眼，說：「如果連我們秦少爺都搞不定，小曹怎麼可能成功。」

「誰說我搞不定？」秦帥冷哼一聲，說：「人家未婚夫就坐在旁邊，她能怎麼辦？」

「你想明天聯絡她？」張澤凱笑問。

「這裡一結束我就聯絡她。」秦帥胸有成竹地答。

張澤凱揚了揚手上的名片：「你別忘了我也有名片。」

「那又怎樣？」秦帥嘿嘿笑說：「我們兩個，她應該會選我。」

「不只兩個。」張澤凱朝捏著文孝晴名片細看的李龍臣揚揚眉，又瞅瞅遠處的曹辛鴻和謝初恭，說：「這裡還有一個，那邊也有兩個，是五個，選你的機率一下子減少了喔。」

「龍少，你也想吃她？」秦帥這麼說：「皇后都給你弄到手了，太貪心了吧。」

李龍臣笑了笑，說：「後宮哪有嫌多的。」

「等等……」張澤凱盯著曹辛鴻在文孝晴旁，說得口沫橫飛的自信模樣，隱隱有些不對勁，「你們看小曹那踐樣，該不會想對人家用藥吧。」

「嘖……」李龍臣皺起眉頭。「我不是要你跟他說別在這麼大的場子上搞那招，要用就在自己的場子裡搞……」

「我跟他說過啊。」張澤凱攤了攤手，無奈說：「你自己都當面跟他說過。」

「我還是去打聲招呼好了，免得那蠢蛋……」李龍臣嘖了聲，準備走向曹辛鴻，但剛走出兩步，又停下腳步，臉色一變，撫著肚子喃喃說：「等等，我肚子有點怪怪的……」他將酒杯放回侍者的餐盤上，轉向往廁所走去。

「怎麼了？」曹辛鴻望著文孝晴，關心地伸手攙她。「妳身體不舒服？」文孝晴搖搖頭，說：「不知道怎麼了，我覺得有點睏……不，是很睏……」

「二樓有客房，要不要上去休息？」曹辛鴻笑著說：「我請服務生送妳跟未婚夫一齊上樓。」

「好……」文孝晴點點頭，虛弱地試圖起身。

曹辛鴻立時站起，喊來了一位女侍者，要她帶文孝晴上二樓客房。

「嗯？」張澤凱和秦帥遠遠望著文孝晴和謝初恭一齊離座，走向庭院享受晚風。

曹辛鴻卻站在座位附近，比手畫腳地像是唱獨腳戲，對著空氣自言自語。

跟著，曹辛鴻轉頭，望向張澤凱和秦帥，向他們揚眉，露出得意眼神。

「他在幹嘛？」「不知道。」

兩人還沒搞清楚曹辛鴻的意思，曹辛鴻已經主動走來，來到他們面前，神祕兮兮地說：「等等留意手機，我傳好東西給你們。」

「什麼好東西？」兩人困惑問。

「你們看到就知道了。」曹辛鴻這麼說時，左顧右盼，問：「龍少呢？等等記得提醒龍少留意手機——好好見識一下準人妻的騷樣。」他這麼說完，轉身往通往二樓的樓梯走去。走沒兩步，還轉身跳了幾個蹩腳舞步，吹了聲口哨，對張澤凱和秦帥說：「今天是我的魅力之夜，不要太羨慕我。」

「他是怎樣？」張澤凱和秦帥見曹辛鴻陰陽怪氣地往樓梯走去，不由得覺得古怪。「今晚才剛開始，他就喝那麼醉？」

兩人正一頭霧水，轉頭又見到李龍臣呆愣愣地在大廳四周瞎晃，逢人就問廁所在哪。

「龍少那是怎樣？」「他怎麼也怪怪的？」

□

曹辛鴻來到二樓，向侍者問清了文孝晴和謝初恭各自的房間後，藉故支開侍者，笑嘻嘻地推開文孝晴的房門，進去，關門上鎖。

只見文孝晴瞇著眼睛癱躺在床上，雙頰泛著紅暈，眼神暈醉迷離。

曹辛鴻搓著手，來到床邊，望著床上的文孝晴，盯著她那身和服，喃喃說：「和服、準人妻、五星級美女……之前好像沒碰過這款的。」他取出手機，對著文孝晴喀嚓喀嚓地拍了幾張照片，然後開啟通訊軟體，將照片傳進四千人斬專屬群組。

跟著，他開啟視訊模式，一手拿著手機，一手在文孝晴身上摸索起來。

□

「這是什麼？」

一樓大廳，張澤凱和秦帥各自看著手機，不明白曹辛鴻為何傳來幾張枕頭照片。

下一刻，他們發現曹辛鴻在群組裡傳來了視訊邀請。

兩人點開視訊，只見鏡頭仍對著一只枕頭，畫面裡不時冒出隻手往前伸去，對著枕頭上下捏揉搓摸、搔撩挖摳、撥擰掐抓。

「……」張澤凱和秦帥互視一眼。「小曹這是啥意思？」

□

庭院裡，文孝晴和謝初恭佇在角落樹下，端著手機竊笑。

兩人手機上顯示的是曹辛鴻的手機即時自拍畫面——文孝晴早派伶伶在曹辛鴻的手機裡植入木馬，他手機裡的一切，都在文孝晴的監視之中。

文孝晴今日白晝，跑了一趟黃老仙家，向衣櫃裡的分屍大姊借來了手手腳腳等屍塊。

分屍大姊的腦袋被禁錮在衣櫃橫桿上，但是抽屜裡的屍塊卻能自由行動，觸著活人，就能讓人產生幻覺，過去她便用那些手手腳腳，控制劉老闆一家，和當時上門拆櫃子的一票員工等等。

剛剛大廳裡，文孝晴在與四少握手、遞名片時，遞去的可不只有名片。

還順勢遞去了分屍大姊的手或腳。

數公里外的黃老仙家，垂吊在衣櫃裡待命的分屍大姊腦袋，一感應到手腳動靜，立時按照文孝晴事前吩咐，掌控了四少大腦。

讓曹辛鴻的妄想美景，逐漸替換掉真實情況，他自以為成功讓文孝晴喝下摻了藥的香檳，事實上她一口也沒喝，且阿孟其實也並未在香檳裡下藥。

至於其他三少，儘管沒有下藥迷姦再拍裸照要脅這種下流習慣，但其他壞事諸如嗑藥、霸凌等也從沒少做，因此文孝晴替另外三少，也安排了點「節目」。

「他手這樣是在摸哪裡？」謝初恭見到螢幕裡曹辛鴻使出千奇百怪的手勢，對著枕頭發動一輪猛攻，不禁笑彎了腰，對文孝晴說：「妳不覺得吃虧嗎？他現在真的以為自己在摸妳耶！」

「無所謂啊，每個人都有幻想的自由。」文孝晴呵呵一笑，淡淡說：「大部分的五星級女孩們，早就習慣你們男人各種豬哥妄想，你們的眼睛時時刻刻都在出賣你們的想法。」

「是嗎？」謝初恭聽文孝晴這麼說，將手機切換到自拍模式，觀察自己的眼神是否真如文孝晴所說，會那麼隨便地出賣自己的想法。他喃喃說：「不過這樣會不會太便宜他了？他不只是想像那麼簡單……妳說那位衣櫃大姊的屍塊，可以讓人產生非常逼真的幻覺……所以現在在他的世界裡，是真真正正地在爽耶！」

「就讓他爽啊。」文孝晴說：「等等就要下地獄了。」

□

「哇，幹！小曹在幹嘛？」

「他該不會嗑藥了吧？」

張澤凱和秦帥，先後將口中的酒噴了出來。

兩人手機上的視訊畫面裡，竟出現了曹辛鴻的生殖器。

曹辛鴻一手抓著手機、一手抓著雞雞，對著枕頭胡衝亂頂，像是覺得不方便，便下床將手機橫擺上桌，鏡頭對準床鋪，像是解開了束縛般地撲回床上，抱著枕頭狂野酣戰起來。

「哇！」張澤凱和秦帥怪叫地彈起，對著視訊嚷嚷大喊：「小曹，你醉到幹枕頭？」

他們還沒喊完，又聽見四周賓客微微騷動起來，像是在同一時間，都收到了簡訊。

賓客們點開簡訊，裡頭正是曹辛鴻英勇大戰枕頭的模樣。

那是文孝晴事先替曹辛鴻申請的成人直播頻道，剛剛她指示伶伶幫曹辛鴻開啟直播。

「這……這人是曹少？」

「他在哪裡？他在幹嘛？」

「曹少在跟枕頭做愛？」

「他為什麼要幹枕頭？他的喪屍呢？」

「老闆！」曹辛鴻的幾個嘍囉，見到了影片，驚慌失措地衝上二樓，嚷嚷找著了曹辛鴻。

曹辛鴻這才有如大夢初醒，一見床邊圍著自個兒小弟，本來擁在懷裡那個香噴噴的和服準人妻，卻變成了個爛糟糟的枕頭，驚訝地嚷嚷起來：「怎麼回事？艾達呢？」

「什麼艾達？」小弟們有的拿衣服幫曹辛鴻披上身，有的找著曹辛鴻的直播手機、關閉直播。「老闆，剛剛你在幹嘛？」

「什麼幹嘛？我在跟艾達爽啊，艾達怎麼不見了？」曹辛鴻胡亂套上衣褲，與眾小弟雞同鴨講半晌，從小弟手中搶回自己的手機，開啟四千人斬群組，點開自己傳去的照片和影片。

只有枕頭的照片，跟自己在幹枕頭的影片。

「喝！怎麼回事——」曹辛鴻嚇得魂飛魄散。「艾達呢？艾達怎麼變枕頭了？」

他驚慌失措地領著幾個小弟下樓，想要尋找文孝晴，但見所有人一看到他，立刻騷動起來；他聽小弟說在場的所有人，包括三少跟喪屍妹，都收到他剛剛幹枕頭的影片，可是驚駭羞愧到要發瘋的地步，也沒和三少打招呼，頭也不回地往外奔逃。

「小曹……」張澤凱和秦帥愕然望著逃離現場的曹辛鴻，都不知做何反應。

跟著，他們發現李龍臣像是夢遊般，仍舊茫然地繞走大廳，對剛剛的騷動和身邊女孩的招呼都全無反應，連忙奔去，舉著手機湊到李龍臣面前，嚷嚷說：「龍少！你看，小曹幹枕頭啦！」

李龍臣本來兩眼無神，見到影片裡的曹辛鴻瘋狂幹枕頭，眼睛這才一亮，卻露出一副終於找到廁所的神情。

然後快速解開皮帶，褪下褲子，在大廳中央蹲下，開始拉屎。

「不是吧，龍少！」張澤凱和秦帥被李龍臣這舉動嚇得向後跳開。

大廳裡的所有人，見到李龍臣竟然在眾目睽睽之下當場大便，再次驚駭譁然。

皇后、雙胞胎、女老師，也先後被曹辛鴻和李龍臣的舉動，嚇得目瞪口呆。

接著輪到張澤凱，他兩眼一翻，身子觸電般地震了震，跌坐倒地，心智像是一下子變回幼童般，呆愣愣地看著李龍臣拉屎，然後伸手抓來一把屎，當成黏土捏玩起來。

「哇，靠——」秦帥被張澤凱的舉動嚇壞了，駭然尖叫：「你們到底是怎樣？該不會聯合起來整我吧？」

他叫聲未歇，又一波簡訊襲入所有人的手機裡。

點開簡訊，裡頭是支影片。

影片裡，秦帥昏昏沉沉地往桌上倒了些白色粉末，跟著就如同電影畫面般，秦帥熟練地用信用卡將白色粉末撥成一直線，然後低頭按著單邊鼻孔，倏地吸盡那道粉末。

大廳響起第三度驚呼。

「沒事，沒事！那是拍好玩的，不是真的！」秦帥見到自己在家中吸毒的影片不知為何發給了所有人，驚慌失措地大聲嚷嚷：「是假的！是開玩笑！那不是毒品！」

入口響起一陣騷動，兩個侍者奔入大廳，嚷嚷叫：「有警察上門臨檢，說接到線報，這裡有人在開毒品趴……」

侍者還沒說完，大批員警已經蜂擁進來。

□

文孝晴和謝初恭在警察上門前，已經提前翻牆離開，循著事先規劃好的小徑，來到一處平坦坡地，那兒停放著謝初恭那輛國產老爺車。

兩人上車，僅花了數分鐘，便回到黃老仙家。

文孝晴走上二樓，進了黃老仙房間，敲了敲衣櫃門，然後揭開。

分屍大姊腦袋飛撲而出，在文孝晴面前飛來竄去，興奮尖叫：「主人，我照妳的話做了，玩具呢？妳不是說帶玩具給我？」

「在路上吧。」文孝晴替腦袋撥撥亂髮，說：「妳應該比我還清楚，不是嗎？」

「啊！妳說的玩具就是他？」腦袋瞪大眼睛說。「妳要我跟他玩啊？」

「是啊。」文孝晴說：「妳不喜歡他？」

「唔……」腦袋露出嫌惡的表情。

「好啦，妳先陪他玩，以後有機會我再替妳找新玩具。」文孝晴這麼叮囑分屍大姊腦袋：「大姊，妳得記住兩件事，一是別弄死他，二是玩夠了記得送他回家，讓他休息一、兩天，再把他弄過來——直到他答應我說的要求為止。」

「要求、要求……主人的要求是……」分屍大姊腦袋凸著眼睛，歪頭喃喃：「第一，向阿芬下跪磕頭認錯；第二，想辦法湊出一億新台幣捐給慈善機構；第三，把之前迷姦女生的犯罪證據整理出來去警局自首……」

「別忘了要他把所有共犯一起拖進去，一個也別放過。」文孝晴補充。

「喔。」分屍大姊默背起文孝晴的補充事項。「把共犯一起拖進去，一個也別放過……」

文孝晴望著阿芬，問：「妳想待在這裡，等曹辛鴻上門，親自看他向妳磕頭認錯，還是今晚先跟我回去，改天再找時間來看他？」

「我不想見到他。」阿芬淡淡地說：「不管他道不道歉、磕不磕頭，我都不會原諒他，等大姊玩夠了，就放他去警局，讓法律制裁他吧。」她說到這裡，笑著對文孝晴說：「那種噁心的東西，剛剛已經看夠了，我跟妳回去，我有想看的電視節目……」

「好。」文孝晴點點頭，對分屍大姊腦袋說：「接下來就交給妳了。」

「遵命，主人。」腦袋倏地飛回衣櫃，衣櫃門碰地關上。

搖椅上的黃老仙默默看著窗外，對文孝晴離去時的道別，也充耳未聞。

搖椅緩緩晃動。

□

兩輛車停下。

曹辛鴻領著阿孟等一票員工兼小弟走進熟識的夜店，圍坐兩桌，點了些酒和點心。

氣氛糟糕得像是出殯一樣，誰也不敢先開口說話。

「有誰知道剛剛到底發生了什麼事?」曹辛鴻喃喃問。

小弟們你看看我、我看看你,沒人吭聲。

「沒人知道?好吧,就當大家都喝多了,什麼都不記得了……」曹辛鴻吸了口氣,冷冷掃視眾小弟,說:「大家聽好,我這段話講完之後,你們所有人再也不准提起今天的事,知道嗎?」

「是……」阿孟點點頭,說:「今天沒發生什麼事啊,我們在公司忙了一整天,下班出來陪老闆喝酒,對不對?」

「對對對……」小弟們連連點頭,各個舉杯互敬。

曹辛鴻默默喝酒吃菜,還不停瞧手機,像是在注意三少有沒有傳訊給他——一直沒有。

這反而讓曹辛鴻更加焦躁難耐,自己出了天大的醜,卻沒得到半聲問候,他覺得自己越是壓抑,心裡便越難受,全身上下都不對勁了。

突然,他瞥見隔壁幾桌,坐著一個落單女孩,女孩的眉宇神情與剛剛不眠之夜上的王艾達有幾分相似。

曹辛鴻微微瞇起眼睛，又露出了餓狼般的神情。

他向阿孟使了個眼色，然後轉頭朝那女孩呶了呶嘴。

阿孟點點頭，立時起身，前往吧台點了杯酒，偷偷下了藥，端去那女孩面前搭話。

曹辛鴻見女孩喝下了酒，終於露出微笑，向身邊小弟使了眼色，紛紛起身，走進夜店裡那條沒有裝設監視器的通道。

阿孟攙著半閉著眼睛的女孩跟在後頭。

眾人來到廂型車旁，拉開車門。

曹辛鴻笑著抬腳，跨上車。

黃老仙家，二樓主臥房擠滿了人。

黃老仙坐在搖椅上斜斜望著窗外夜空。

曹辛鴻前腳踏入衣櫃，然後後腳也跟著踩進。

阿孟雙手往衣櫃裡一推，曹辛鴻在衣櫃裡揚手一攔。

一個以為自己往廂型車裡推進了個女人，一個以為自己在廂型車裡接著了個女人。

曹辛鴻向站在衣櫃外的阿孟和一票小弟們露出得意神情，比了個「關門」的手勢。

阿孟和小弟一左一右，關上衣櫃門，然後轉身下樓，走出一樓，走出庭院，排成一列默默往山下走。

衣櫃裡，隱隱傳出了曹辛鴻的低聲笑語。

遊戲正式開始。

《通靈事務社1：開張大吉》完

Epilogue
後記

在很多年前，我曾經寫過一個不怕鬼的作家——史秋的短篇故事，反應頗佳。

後來那些短篇故事改版重出，我又替史秋寫了一篇新故事，與舊短篇一同收錄在《詭語怪談：寫鬼》裡。

我一直覺得像是史秋這樣天生不怕鬼的設定蠻有趣的，也一直想要寫更多關於史秋的故事，但一直找不到適合的切入視角。

直到通靈事務社的概念慢慢成形，我覺得史秋的原始設定，發揮空間有限，因此替史秋設定了一位外甥女。

這個外甥女擁有一顆理組大腦，凡事實事求是；卻又不是鐵齒無神論者，而是個從小就能見鬼，且天生百鬼不侵的女孩。

我試著想像過往各式各樣的鬼故事橋段場面，改由阿晴擔綱演出時的模樣——阿晴玩碟仙、阿晴坐公車碰上鬼打牆、阿晴洗澡時水鬼從浴缸浮出來、阿晴打開浴室鏡箱時見到塞在裡頭的腦袋、阿晴轉開水龍頭結果流出血水……這些老掉牙的鬼故事橋段，發生在文孝晴面前時，都能或多或少地擦出一些與過去不一樣的戲劇火花。

我有預感這位談判專家，在若干年後，應當能夠在星子所有故事的角色裡，佔得一個能夠長久被大家記在心中的位置。

請大家拭目以待。

2022/5/2 於新北中和南勢角

星子

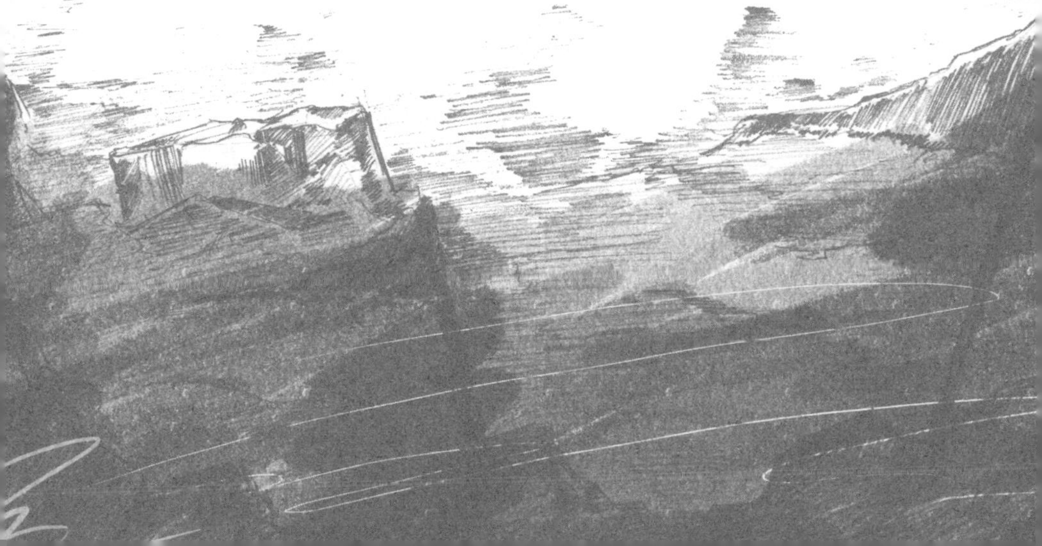

國家圖書館出版品預行編目資料

通靈事務社. 1, 開張大吉/星子(teensy)著. --
初版. --臺北市 : 蓋亞文化有限公司, 2023.06
面； 公分. -- (星子故事書房 ; TS034)

ISBN 978-986-319-815-4((第1冊 : 平裝)

863.57 112006625

星子故事書房 TS034

通靈事務社 1：開張大吉

作　　者 星子
封面插畫 Nofi
封面裝幀 莊謹銘
責任編輯 盧韻亘
總 編 輯 沈育如
發 行 人 陳常智
出 版 社 蓋亞文化有限公司
地址：台北市103大同區承德路二段75巷35號
電話：02-2558-5438 傳真：02-2558-5439
電子信箱：gaea@gaeabooks.com.tw
投稿信箱：editor@gaeabooks.com.tw
郵撥帳號 19769541 戶名：蓋亞文化有限公司
法律顧問 宇達經貿法律事務所
總 經 銷 聯合發行股份有限公司
地址：新北市新店區寶橋路二三五巷六弄六號二樓
電話：02-2917-8022 傳真：02-2915-6275
港澳地區 一代匯集
地址：九龍旺角塘尾道64號龍駒企業大廈10樓B&D室
電話：+852-2783-8102 傳真：+852-2396-0050
初版二刷 2024年1月
定　　價 新台幣280元
Published and printed in Taiwan

ISBN／978-986-319-815-4

Gaea

GAEA